此书为国家社会科学基金重大项目
"人民文艺与20世纪中国文学的历史经验研究"（17ZDA270）
的阶段性成果

赵树理
小说中的乡村变革

高明◎著

中国社会科学出版社

图书在版编目（CIP）数据

赵树理小说中的乡村变革／高明著．—北京：中国社会科学出版社，2018.8（2019.8 重印）

ISBN 978-7-5203-2847-0

Ⅰ.①赵⋯　Ⅱ.①高⋯　Ⅲ.①赵树理（1906－1970）—小说研究　Ⅳ.①I207.42

中国版本图书馆 CIP 数据核字（2018）第 160959 号

出 版 人	赵剑英
责任编辑	耿晓明
责任校对	李　军
责任印制	李寡寡

出　　版	中国社会科学出版社
社　　址	北京鼓楼西大街甲 158 号
邮　　编	100720
网　　址	http://www.csspw.cn
发 行 部	010-84083685
门 市 部	010-84029450
经　　销	新华书店及其他书店

印刷装订	北京君升印刷有限公司
版　　次	2018 年 8 月第 1 版
印　　次	2019 年 8 月第 2 次印刷

开　　本	710×1000　1/16
印　　张	12.75
字　　数	220 千字
定　　价	65.00 元

凡购买中国社会科学出版社图书，如有质量问题请与本社营销中心联系调换
电话：010-84083683
版权所有　侵权必究

目　　录

导　论 …………………………………………………………（1）

第一章　赵树理文学的发生："文摊"文学与"问题小说" ……（11）
　第一节　"文摊"与文坛 ……………………………………（12）
　第二节　"问题小说"辨析 …………………………………（36）

第二章　乡村变革的多重面向及其表征 ……………………（45）
　第一节　"势力就是理"：农村权力的运行规则 …………（47）
　第二节　"大众"与基层权力的更迭 ………………………（57）
　第三节　破除"老规矩"：生活世界的革命 ………………（70）

第三章　乡村共同体的重建及其叙事
　　　　——以《三里湾》为中心 …………………………（89）
　第一节　三里湾的政治革命 ………………………………（92）
　第二节　村庄里的国家 ……………………………………（103）
　第三节　户、集体与国家 …………………………………（112）

第四章　苦恼的劝说者：政治世界与日常生活之间的游移 …（129）
　第一节　激进化叙事潮流中的写"实"取向 ………………（130）

第二节 青年出路及其美学难题……………………（140）

第五章 "赵树理方向"的终结 ……………………（154）
第一节 提高与普及的困境……………………………（155）
第二节 写"实"文学与现实主义文学的分歧 …………（166）
第三节 乡村向何处去：赵树理难题再认识 …………（178）

结　语 ………………………………………………（187）

参考文献 ……………………………………………（191）

后　记 ………………………………………………（199）

导　　论

在中国现代文学史上，20世纪40年代"赵树理方向"的确立，是具有标志性意义的事件。赵树理的创作得到了多方面的肯定和推崇，他的文学形式、作品内容和创作态度等都被认为有着示范性的意义，并包含了全新的可能。严格来说，"赵树理方向"是由一系列评论文章确立的。陈荒煤在《向赵树理方向迈进》一文中总结了赵树理文学值得学习之处是："第一，赵树理同志的作品政治性是很强的……第二，赵树理同志的创作是选择了活在群众口头上的语言，创造了生动活泼的、为广大群众所欢迎的……新形式……第三，赵树理同志的从事文学创作，真正做到全心全意的为人民服务。"[1] 众所周知，最重要的是周扬《论赵树理的创作》一文，他指出："赵树理同志的作品是文学创作上的一个重要收获，是毛泽东文艺思想在创作上实践的一个胜利。"[2] 显而易见，这些文章的主旨并非只是对赵树理文学风格的介绍评鉴或表彰提倡，而是将赵树理的创作和毛泽东文艺思想勾连起来，由此确立赵树理在中国文坛方向性地位。

当然，赵树理文学地位的取得、确立不完全来自政治宣传的推

---

[1] 陈荒煤：《向赵树理方向迈进》，《人民日报》1947年8月10日。
[2] 周扬：《论赵树理的创作》，《解放日报》1946年8月26日。

动,在很大程度上是以其文学创作为根据的。李大章在《介绍〈李有才板话〉》中提出:"少数人口里喊大众化,实际不肯大众化;或者自己不会通俗化,不但不以自己是脱离群众、脱离现实,反而以多数人愈看不懂、听不懂为荣;或者口里也赞成通俗化,而自己又不亲自下手,始终把通俗化看成'左道旁门',仿佛只有他的洋八股欧化才是'正统'。"[①] 其指向性是明确的。由此不难理解,何以郭沫若在《读了〈李家庄的变迁〉》一文中盛赞道:"最成功的是语言。不仅每一个人物的口白适如其分,便是全体的叙述文都是平明简洁的口头话,脱尽了五四以来欧化体的新文言臭味。然而文法却是谨严的,不像旧式的通俗文字,不成章节,而且不容易断句。"[②] 显然,"赵树理方向"的确立主要是基于其在"文学大众化"方面的突破。

赵树理文学的"大众化"取向被广泛认可,不能脱离具体的历史条件。孙犁指出:"这一作家的陡然兴起,是应大时代的需要产生的。是应运而生,时势造英雄",因为"文学作品能不能通俗传远,作家的主观愿望固然是一种动力,但是其他方面的条件,也很重要。多方面的条件具备了,才能实现大众化,主要是现实生活和现实斗争的需要"[③]。这一论断绝非无足轻重。赵树理文学确立的真正原因在于,历史对文学提出了迫切的要求。抗日战争爆发后,中共领导的抗日民主根据地绝大部分是农村,农民是主要的动员对象,而"五四"以来新文学形成的传统却无法满足这一现实要求,因此,"大众化"成了需要关注的焦点。不过,大众化的客观要求

---

① 李大章:《介绍〈李有才板话〉》,《华北文化》1943年第6期,引自黄修己编《赵树理研究资料》,知识产权出版社2010年版,第149页。

② 郭沫若:《读了〈李家庄的变迁〉》,《北方杂志》1946年第1、2期,引自黄修己编《赵树理研究资料》,第167页。

③ 孙犁:《谈赵树理》,《天津日报》1979年1月4日。

当时并未成为作家们的共识，因而也未能转化为文化人的自觉行动。对这一时代需要，做出了充分理论论述的是毛泽东。1938年，毛泽东提出要创造"新鲜活泼的、为中国老百姓所喜闻乐见的中国作风和中国气派"①。1942年，毛泽东在延安文艺座谈会上的讲话明确提出，文艺要服务于人民大众，"什么是人民大众呢？最广大的人民，占全人口百分之九十以上的人民，是工人、农民、兵士和城市小资产阶级。"②这是赵树理的文学意义被认可的重要根据。文学史家王瑶指出："毛泽东同志敏锐地抓住了这一中心环节，在《在延安文艺座谈会上的讲话》中明确地提出作家必须与新的时代、新的群众相结合。时代在呼唤从生活到思想情感都与工农大众结合为一体的新型作家的出现，而赵树理正是这样应运而生的新型作家。"③赵树理文学无疑与时代要求达成了深度契合。

然而，如果回到历史现场，就可以看到，赵树理文学实则隐含了更为复杂的层面。首先，在确立"赵树理方向"之初，就有人提出异议。陈荒煤在回忆中谈到，"当时也有同志认为'方向'似乎太高了，但是我当时认为，老赵实际上是一个具体实践毛泽东同志提出的为工农兵服务方向的标兵，提'赵树理方向'比较鲜明、具体、容易理解，所以最后还是以这个篇名发表了文章。当然，现在看来，如果用'赵树理的创作方向'可能更准确一些。可是，'向赵树理方向迈进'这个号召，对当时晋冀鲁豫的文艺创作的确起了很大的推动作用。"④其次，从当时关于"赵树理方向"的评论文

---

① 毛泽东：《中国共产党在民族战争中的地位》，《毛泽东选集》第二卷，人民出版社1991年版，第534页。
② 毛泽东：《在延安文艺座谈会上的讲话》，《毛泽东选集》第三卷，人民出版社1991年版，第855页。
③ 王瑶：《赵树理在现代文学史上的地位》，《王瑶全集》第五卷，河北教育出版社2000年版，第545页。
④ 董大中：《赵树理年谱》，北岳文艺出版社1994年版，第296页。

章中,稍加留心就可以发现评论者之间隐含了不小的分歧。周扬看好的是赵树理小说的人物创造和语言创造,以及其政治意义;陈荒煤的文章讨论的更为具体,谈到群众语言的运用,小说中注重写故事和风景描写等;而当时身处国统区的知名作家如郭沫若和茅盾,也不约而同对赵树理小说的民族形式和通俗语言等给予了极高的评价。再次,"赵树理方向"并非一个本质化的概念。1949年前后,《人民日报》即发表了数篇关于小说《邪不压正》的评论文章,批评者的意见产生了尖锐的对立[①]。即便周扬本人对赵树理文学也并不是一贯地认同、支持。1956年,周扬着重指出赵树理小说《三里湾》的不足:

> 作者对于农民的力量的这一方面似乎看得比较少,至少没有能够把这个方面充分地真实地表现出来。就是在他所描写的农民中的先进人物的形象上也显然染上一些作者的理想的色彩,而并没有完全表现出人物的实在力量。因此,在他作品中所展开的农民内部或他们内心中的矛盾都不是很严重,很尖锐,矛盾解决得都比较容易。作品中的许多情节都没有得到充分展开的机会,而故事就匆忙地结束了。这样,就影响了主题的鲜明性和尖锐性,影响了结构的完整和集中,使作品在思想上和艺术上没有能够取得更大的成就。作品中对矛盾的描写不够尖锐、有力,不能充分反映时代的波澜壮阔和充分激动读者

---

① 关于《邪不压正》,《人民日报》集中讨论了两次:1948年12月21日,发表了党自强的《〈邪不压正〉读后感》和韩北生的《读〈邪不压正〉后的感想和建议》;1949年1月16日,发表了耿西的《漫谈〈邪不压正〉》、乔雨舟的《我也来插句嘴——关于〈邪不压正〉争论的我见》、王青的《关于〈邪不压正〉》和而乐的《读了〈邪不压正〉》。相关问题后文进一步展开讨论。

的心灵，这个弱点，在其他作家的作品中也是存在的。[①]

周扬的评论虽然是针对赵树理的创作而发，却并不只是他本人文学评鉴标准的变化，而是新中国成立之后，文学界不断修改着文艺批评的标准，这令赵树理感到无所适从。最后，在不同的历史语境中，时代对文学不断提出新的要求，赵树理的文学创作却无法再跟上时代的步伐。由于这些原因，"赵树理方向"被逐渐否弃。

事实上，由于赵树理文学的评价一直与中国革命的历史评价充满纠葛，这极大地影响了赵树理文学本来面目的呈现。问题是，"赵树理方向"的确立虽然带着浓重的政治痕迹，但是某些学者对赵树理文学"去政治化"的解读，也并非立足于某种"客观"标准，比如，夏志清说："赵树理的蠢笨及小丑式的文笔根本不能用来叙述"[②]，其背后深重的意识形态（当然包含其美学评鉴标准）意味也不言自明，这种观点仍然未能摆脱政治与文学二元对立的视角。

政治和文学的关系是讨论赵树理文学无法回避的议题，但应当避免两种倾向：一种是过于政治化的倾向，认为赵树理文学只是政治的传声筒，但其不能解释赵树理文学和中国革命文学规范的摩擦，也不能解释他关于乡村问题和中共革命理念、实践的分歧；另一种是"去政治化"的倾向，这种观点干脆把赵树理文学和政治剥离开来，将其置于中国革命的对立面，但赵树理文学和中国革命又有着诸多的交集，在某些历史阶段，是彼此呼应、相互支持的，因此，这一说法也缺乏说服力。因此，有必要对"赵树理方向"和赵

[①] 周扬：《论〈三里湾〉》，引自复旦大学中文系赵树理研究资料编辑组：《赵树理专集》，福建人民出版社1981年版，第423页。

[②] ［美］夏志清：《中国现代小说史》，刘绍铭等译，香港中文大学出版社2001年版，第411页。

树理文学加以区分。大致来说，"赵树理方向"指的是：在政治为主导的批评标准下，《小二黑结婚》《李有才板话》和《李家庄的变迁》等作品呈现出来的乡村变革和阶级斗争的场景，以及对这些作品大众化风格的肯定；而赵树理文学则宽泛得多，包含了赵树理创作的所有作品，关于作品的解读也引入了新的评价标准，如陈思和指出，赵树理文学代表依托于"民间文化"——即区别于"国家权力支持的政治意识形态"和"知识分子为主体的外来文化形态"之外的第三种文化形态——"来自中国民间社会主体农民所固有的文化传统"①。这里可以再举一个例子，有学者认为赵树理的文学形式过于陈旧，将其视为"中世纪文学"而加以批判②，但日本思想家竹内好却以赵树理的《李家庄的变迁》为例，指出赵树理文学其实已经是超越了现代文学和革命文学的全新的文学形态③，贺桂梅以现代性理论作为切入视角，探讨了赵树理文学的现代性问题④。事实上，对于赵树理文学的分析，并不能停留在文学形式内部，一方面，赵树理文学形式与中国革命文学规范存在着紧密的关联，另一方面，其作品内容及形式又和现代中国乡村的变革密切相关。

1949年之后，共和国的文坛风云四起，文艺运动此起彼伏。这构成了中国现代史上独特的文学/文化现象。据洪子诚统计，文艺界重要的事件有：（1）对电影《武训传》的批判（1950—1951）；

---

① 陈思和：《民间的浮沉——从抗战到"文革"文学史的一个解释》，《上海文学》1994年第1期。
② 可参见美国记者贝尔登和日本学者洲之内彻的文章，详见黄修己编《赵树理研究资料》。
③ ［日］竹内好：《新颖的赵树理文学》，晓浩译，黄修己编：《赵树理研究资料》，第423—432页。
④ 贺桂梅《赵树理文学的现代性问题》一文收入唐小兵编的《再解读：大众文艺与意识形态》（北京大学出版社2007年版），该文后来更名为《再思赵树理文学的现代性问题》，收入贺桂梅的《赵树理文学与乡土中国现代性》（北岳文艺出版社2016年版）一书。

(2) 对萧也牧等人的创作的批评（1951）；(3) 对俞平伯《红楼梦研究》和对胡适的批判（1954—1955）；(4) 对胡风"反革命集团"的批判（1955）；(5) 文艺界的反右派运动，和对丁玲、冯雪峰"反党集团"的批判（1957）；(6) 1962 年 9 月，毛泽东在中共八届十中全会上提出"千万不要忘记阶级斗争"。从 1963 年开始，在哲学、史学、经济学、文学艺术等领域开展全面的批判运动。[①]在这一环境当中，赵树理非但未能远离是非，反而时不时被卷入旋涡当中。与作家有关的重要文学/文化事件有：(1) 关于《邪不压正》的争论；(2) 东西总布胡同之争；(3) 主编《说说唱唱》期间发表《金锁》引起的风波；(4) 周扬对《三里湾》的委婉批评；(5) 关于合作化问题的分歧；(6) 人民公社时期的无所适从；(7) 陷入"大连会议"中间人物讨论的纠葛。这些事件有的是赵树理被动卷入的，有的他却是主动的介入的。引发学术界讨论的，主要是三个层面的问题：其一，是赵树理文学与当代文学批评规范的分歧[②]；其二，赵树理跌宕起伏、充满痛苦的个人命运；其三，赵树理关于乡村问题的认识与乡村政治、政策的冲突。其中最让赵树理揪心的并非个人得失，而是关于中国农村的现实问题。

在笔者看来，赵树理文学的真正含义是对中国乡村问题的持续关注、思考，在此，笔者赞同钱理群的说法，即："赵树理与农村、农民的关系，并不止于对农村生活的熟悉，对农民情感的投入，他更是一个农民命运的思考者，农村社会理想的探索者和改造农村的实践者。"[③] 可以说，赵树理关于乡村问题的视角、理念以及切入现实的深刻程度等，和中国现代乡村建设的大家——如费孝通、梁漱

[①] 洪子诚：《中国当代文学史》，北京大学出版社 2007 年版，第 32—35 页。
[②] 参见贺桂梅《赵树理评价与当代文学规范的变迁》，贺桂梅：《赵树理文学与乡土中国现代性》，北岳文艺出版社 2016 年版，第 17—51 页。
[③] 钱理群：《岁月沧桑》，东方出版中心 2016 年版，第 94—95 页。

溟等——相比也毫不逊色。只不过,由于文学很容易被当成虚构作品而被忽略。事实上,文学创作是赵树理与乡村变革展开对话的重要方式,因此,有必要认真清理、辨识乡村变革中作家自己的声音。在这一意义上,既要对赵树理文学作品予以形式分析,同时,对其乡村书写也应放置在现代以来乡村变革脉络中予以考察,勾勒出文学和历史的深刻关联,以及其中包含的紧张关系。

按照柯文的说法:"史学家的任务就在于追溯过去,倾听这些事实所发出的分歧杂乱、断断续续的声音,从中选出比较重要的一部分,探索其真意。"[1] 全面讨论赵树理文学的意义,非本书所能承担,笔者要集中探讨的是赵树理小说中的乡村变革。在赵树理小说中,无论是中国革命之前的旧社会,还是中国革命在乡村推动的土地革命,以及新中国成立之后的合作化实践等,都有着及时而深刻的反映。同时,某些问题又在文学的虚构和想象中得以解决。细心的读者不难发现,赵树理文学对旧的乡村世界黑暗的挞伐不遗余力,而对于中国革命中出现的问题,也是少有的敢于提出尖锐批评的辩难者。这些特质显然都是其他社会研究很少触及的。

本书主要分为五章:

第一章,从文学形式角度,从被确立为"方向"之前到作家去世,赵树理的创作和现代文学存在着明显的差异。在文学理念上,赵树理提出"文摊文学"的说法,其出发点是要"老百姓喜欢看"。具体说,就是以广大农民为最主要的读者/听众,更为具体的考虑是农村的物质环境和条件。同时,基于农民自身的文化要求和文艺传统,赵树理的创作包括了鼓词、相声、曲艺、戏曲、小说等多种体裁。"文摊"文学不仅意味着形式上的通俗化,而且,主要

---

[1] [美]柯文:《在中国发现历史:中国中心观在美国的兴起》,林同奇译,社会科学文献出版社2017年版,第96页。

考虑农民的审美习惯和文化程度,其意义在于从实践中探索新的文化形式。就小说内容而言,赵树理称自己的作品要在"政治上起作用",并将自己的小说定位为"问题小说"。在此,作家身份是重要的,按照蔡翔的说法,解放区作家"'农民'身份恰恰给这些作家提供了一种'自内而外'或者'自下而上'的叙事角度"①。围绕这一观念,"业余"创作成为作家基本的写作姿态,而"写实性"则成了作品的基本风格。

第二章,从旧中国农村权力关系的角度,讨论赵树理小说中的乡村变革。乡村问题是赵树理小说书写的母题,但在不同的历史阶段,赵树理小说反映的问题以及看待问题的方式又有所不同。本章主要讨论三个问题:其一,旧中国乡土权力运行的基本形态,这在《有个人》《盘龙峪》《刘二和与王继圣》,甚至在1958年创作的《灵泉洞》等作品中,都有着清晰的呈现。其二,中国革命对乡土中国权力结构和运作的冲击和重建,最典型的是《小二黑结婚》《李有才板话》和《李家庄的变迁》等。我们看到乡村世界中地主阶级和恶势力对穷人的残酷剥削和压迫,而穷人却求告无门,革命政治试图改变这一权力状态,过程却颇为曲折。其三,在《小二黑结婚》《传家宝》《登记》等小说中,赵树理对乡村世界的书写聚焦于"家庭琐事",此时乡村世界显示出和谐的一面,中国革命正是这一和谐意象的支持者和守护者。这与此前的左翼文学差别很大,与新中国成立之后的革命文学也存在很大的差异。

第三章,从共同体的重建及其叙事的角度,围绕《三里湾》展开讨论。新中国成立初期的合作化运动实践,在《三里湾》中得到了较为完满的呈现,更主要的是,在这类文本中赵树理对中国农村

---

① 蔡翔:《革命/叙述:中国社会主义文学—文化想象(1949—1966)》,北京大学出版社2010年版,第174页。

如何推动合作化运动的思考显然极为深入，同时，作品试图在乡村建设与革命政治、国家与乡村、户与集体等关系当中，建立起新的共同体。无疑，《三里湾》包含了作家关于乡村合作化实践的基本设想，其中不无理想的成分。

第四章，从合作化到人民公社，是重新组织农村的过程，也是乡村问题日渐尖锐的时期。透过《"锻炼锻炼"》等作品，可以看出农村合作化过程中存在的严重问题，尤其随着国家、集体和农民关系的日渐紧张，赵树理陷入了困境当中，成了苦恼的劝说者。如果说在合作化运动时期，政治世界和乡村世界还保持了一定的距离，在某些时刻两者构成了彼此支持、相对和谐的状态，那么，在农村人民公社时期，政治世界与日常生活的冲突日渐激烈，集体中的生产管理、生活安排和青年问题等，在赵树理的小说中得到了集中的呈现，但作家很难对这些问题给出答案，作品的风格也显得灰暗、晦涩。

第五章，主要讨论赵树理的文学困境，进而探究"赵树理方向"终结的历史原因。赵树理的文学在创作形式上不但与五四以来的现代文学构成矛盾，与新中国成立后的文学体制、文学规范也冲突不断，赵树理的创作实践承受了极大的压力。通过梳理并分析毛泽东《在延安文艺座谈会上的讲话》的相关说法以及社会主义现实主义的批评规范，可以看到，赵树理关于普及与提高的理解与革命文艺的规范存在较大的偏差，其中甚至不无误会的成分。具体到创作层面上，赵树理小说对现实问题的关注、中间人物的写法，以及作品要感动人、"劝人"等追求，与中国革命文学在文学形式上的本质化要求和激进化倾向已经发生了根本性的分歧。此时的分歧已经不止于美学层面，而是触及乡村中国的出路问题。面对实践中的挫败，赵树理无法找到答案，也无法以新的文学形式来回应现实问题。

第 一 章

赵树理文学的发生:"文摊"文学与"问题小说"

按照通常文学史的说法,1945年之后,赵树理得到了解放区文艺界权威人物周扬、陈荒煤等的认可,并被确立为"方向"之后,他才为人熟知、作品才广为流传。大致来说,这一说法是正确的。不过,不能忽视周扬指出的另一个事实,即赵树理是"一个在创作、思想、生活各方面都有准备的作者,一位在成名之前已经相当成熟了的作家,一位具有新颖独创的大众风格的人民艺术家"[①]。因此,如果要全面考察赵树理的文学,有必要追溯其历史起源。赵树理的"成名之前已经相当成熟"需要从两个方面予以考察:从形式的角度来说,赵树理深受现代文学的影响,但在现实中发现五四新文学与农民的隔阂,这才使他转向为农民创作,因此,他提出"文摊文学"的设想。抗日战争爆发后,随着政治、军事和文化中心转向了乡村,抗战动员的主要对象变为农民,这为赵树理的文艺实践提供了现实条件,而毛泽东《在延安文艺座谈会上的讲话》中关于文艺"为工农兵服务"的论述,为赵树理提供了有力的理论支撑。从内容的角度来说,赵树理称自己的小说是"问题小说",这一理

---

① 周扬:《论赵树理的创作》,《解放日报》1946年8月26日。

念贯穿了从抗战之前到人民公社时期整个创作过程。赵树理在小说中一方面深刻地揭露旧农村的种种弊病，对中共政权的乡村革命极力支持；另一方面，针对中共推动的乡村变革中出现的问题，又展开了深入的对话。而且，"问题小说"观念也塑造了赵树理的小说形式。

第一节 "文摊"与文坛

关于"文摊"文学，最引人注意的是李普在《赵树理印象记》中转引赵树理本人的说法："我不想上文坛，不想做文坛文学家。我只想上'文摊'，写些小本子夹在卖小唱本的摊子里去赶庙会，三两个铜钱可以买一本，这样一步一步地去夺取那些封建小唱本的阵地。做这样一个文摊文学家，就是我的志愿。"[1] 这从其他人那里也可以得到印证。据陈荒煤引述，赵树理说："文坛太高了，群众攀不上去，最好拆下来铺成小摊子。"[2] 赵树理在一次访谈中，特地谈到自己的艺术追求的缘起：

> 在十五年以前我就发下宏誓大愿，要为百分之九十的群众写点东西，那时大多数文艺圈朋友虽然已倾向革命，但所写的东西还不能跳出学生和知识分子的圈子，当然就谈不到满足广大劳动群众的需要。根据我自己的志愿，一九三三年我在太谷当教员时，曾写过一篇长篇小说，名字叫《盘龙峪》，是描写农民和封建势力做斗争的故事。很显然，那时大多数报纸操纵

---

[1] 李普：《赵树理印象记》，原载《长江文艺》1949年第1期，引自黄修己编《赵树理研究资料》，第15页。

[2] 陈荒煤：《向赵树理的方向迈进》，《人民日报》1947年8月10日。

在封建势力手里,对于这种向他们开刀的作品当然不会被发表,自己虽然掌握着一个小报,但篇幅太小,在书店出版押金又太贵,因而这部作品只写了一半约十万字就搁笔了,但我并没放下这一志愿。①

这段话透露出两点重要信息:其一,在赵树理创作之初,就感到"报纸操纵在封建势力手里",自己的作品难以发表;其二,大多数文艺圈朋友"所写的东西还不能跳出学生和知识分子的圈子"。前者实际上关乎现代文学体制,后者则关系到文艺大众化问题。

赵树理提出"文摊"的概念,主要是针对文坛而说的,而且,他还标举出两者的对立意味。我们不由要问,"文摊"和文坛各自有怎样的含义?赵树理区分的内在依据又是什么?它们对赵树理的文学创作有着怎样的影响?

中国现代文坛的形成可以追溯到五四新文学,甚至晚清文学。五四新文化运动的历史功绩彪炳史册,几乎被视为中国现代史的创世寓言,但随着研究的深入,学者们提出了不同的看法,如海外学者王德威提出:"没有晚清,何来五四?"② 如此一来,五四新文学之"新"与晚清文学之"旧"的判然有别的标准就有待重新订正。随着新的研究方法的引入,中国现代文学呈现出了新的面目,即文学的发生不只是文学家的努力,其成长和发展主要依托于晚清以后形成的、逐渐兴起的现代城市,以及与之相伴相生的文艺体制。陈平原指出:"大概谁也不会否认、特别是小说杂志,在'新小说'

---

① 赵树理:《和荣安的谈话》,《赵树理全集》第三卷,大众文艺出版社2006年版,第357页。目前赵树理文章收录最全的是董大中主编的《赵树理全集》,共六卷,大众文艺出版社2006年版。本书赵树理文章引文都出自这一版本,后文只标明卷数和页码。

② 王德威:《想象中国的方法:历史·小说·叙事》,生活·读书·新知三联书店1998年版,第3—20页。

和'五四'小说发展中所起的关键作用"①，而"报刊登载小说与小说书籍的大量出版对小说形式发展的决定性影响，主要体现在传播方式的转变促使作家认真思考并重新建立作者与读者之间的关系"②。正是这一新型的关系的建立，影响了晚清文学和五四文学的基本形态，即陈平原所说的"书面化"和"商业化"，这一倾向引发了中国现代小说形态的变化："'五四'小说主要不是以不识字或粗通文墨的市井平民、而是以受过'新教育'的青年学生为读者对象，因而，'五四'作家更注重于'写心'——表现个人的主观感受，而不是'说书'——讲述有趣的故事。这一切，跟我在这里所论证的由于杂志、书籍的繁荣引起的作家创作意识的转变——从注重'说—听'到注重'写—读'，以及突出小说的书面化倾向，无疑是一脉相通的。"但是，"这种'诗化''文人化''书面化'的倾向，在促成中国小说叙事模式的转变的同时，也在一定程度上脱离了一般民众的审美趣味，因而'旧派小说'在很长时间内仍有很大的市场。"陈平原进而指出其中存在的矛盾：

> 再加上变革现实的社会责任感，促使中国作家老在启蒙意识与艺术趣味之间徘徊——要实现启蒙愿望，就不能不迁就一般民众的欣赏口味；而要创造高超的艺术，又不能不脱离文化水平过于低下的一般民众。就传播方式而言，追求小说独特的艺术价值，必然要求小说作为一种诉诸"孤独的阅读者"的语言艺术的特长，避免在不利条件下与主要诉诸听觉的说书者或者诉诸听觉的戏剧影视等综合艺术一较长短，因而必然日益突

---

① 陈平原：《中国小说叙事模式的转变》，北京大学出版社2010年版，第249页。
② 陈平原：《二十世纪中国小说史（1979—1916）》第一卷，北京大学出版社1989年版，第106页。

出书面化倾向；而追求启蒙效果，则必须正视中国民众文化水平不高这一现状，采用近乎说书的语言以及与此相关的叙事模式，以扩大读者（听者）面——这就是"赵树理道路"在20世纪小说史上仍有其历史地位的原因。[①]

这一说法让人颇受启发，不过其中隐含了某种价值判断，即：作者们在启蒙意识与艺术趣味之间难以调和，读者们在"高超"与"低下"艺术之间不能兼顾。

毋庸讳言，中国左翼文学同样依托于城市文艺体制，旷新年指出："文学的生产方式在很大程度上决定着文学的本质，这是以往我们在抽象地谈论所谓文学性的时候被忽视了的。杂志和报纸副刊决定了现代文学的生产方式，它们在现代文学生产的调度中处于枢纽的地位。杂志和报纸副刊等现代媒体的出现大大改变了传统文人活动的方式和文学生产的方式。"[②] 确实，现代文艺依托于城市文艺体制，出现了新的文学生产模式。杂志、报纸副刊等媒介与现代文人构成了新的共生性的关系：一方面，固然是现代文人促成了新的艺术风格、文学流派和文学团体；但另一方面，"从社会学的角度看，新报刊也就是就业机会，他们实际上是给自己创造出了'社会的需要'"[③]。甚至可以说，现代媒体也不断生产、塑造新的文人。

不过，新的文学体制却有着两面性：一方面，对于某些畅销书作家而言，登上现代文坛无疑被视为个人成功的喜剧；另一方面，并非每个人都是幸运儿，按照姜涛的说法："在读者市场不发达的

[①] 陈平原：《中国小说叙事模式的转变》，第266—267页。

[②] 旷新年：《1928：革命文学》，人民文学出版社2017年版，第16页。另外可参看刘震的《左翼文学运动的兴起与上海新书业（1928—1930）》，人民文学出版社2008年版。

[③] 罗志田：《文学革命的社会功能与社会反响》，罗志田：《权势转移：近代中国的思想、社会与学术》，湖北人民出版社1999年版，第300页。

年代,'文学'虽然能带来一定的经济回报,但肯定是一种不可靠的、糟糕的选择。"但是,这一选择仍然具有强大的吸引力,原因在于:"对于置身权势网络之外的青年来说,这一'志业'想象无疑具有巨大的吸引力,自由的白话书写在一定程度上,也提供了一种新的社会进阶方式:不需要太多的文化积累,不需要掌握艰深的文字技巧,也不必进入高等学府,只要拥有足够的勇气和才华,通过阅读新潮的书报,就能参与到新文学运动当中,获得必要的'象征资本'。"[1]中国现代作家,如蒋光慈、丁玲和沈从文等,就是通过这一途径而登上文坛的。事实上,赵树理青年时期接受了现代教育,深受五四新文学的影响,他阅读的主要是"鲁迅、郭沫若、成仿吾、郑振铎等人的作品和《小说月报》《文学周报》等杂志"[2],这培养了作家的文学趣味,也影响了他的创作取向。在赵树理1929年发表的小说《悔》和《白马的故事》中,从情节、语言到心理描写等,无不可以看出新文学的腔调。1930年,好友史纪言将赵树理的《打卦歌》带到北京,在《北平晨报》上发表[3]——这是赵树理第一次公开发表作品。有趣的是,《打卦歌》是古体叙事诗,作者在最后还特地标注:"这段故事,我之所以要拿旧体格来写,不过是想试试难易,并没有缩回中世纪去的野心:特此声明。"[4] 然而,赵树理早年的生活道路颇为崎岖,读书时因靠近革命被学校开除,后被关押在山西的"自新院"一年多,毕业后长时期处于失业状态以致不得不流浪各地[5]。在20世纪40年代后期,美国记者贝尔登

---

[1] 姜涛:《公寓里的塔:1920年代中国的文学与青年》,北京大学出版社2015年版,第178页。

[2] 董大中:《赵树理年谱》,第49页。

[3] 史纪言:《重读赵树理同志〈打卦歌〉》,引自黄修己编《赵树理研究资料》,第489页。《打卦歌》发表于1931年1月14日《北平晨报》。

[4] 赵树理:《打卦歌》,《赵树理全集》第一卷,第43页。

[5] 《赵树理年谱》,黄修己编:《赵树理研究资料》,第476—496页。

采访赵树理，捕捉到了他早年创作的实际情形："他找不到教书的工作，于是靠卖文章糊口。他给两家报纸的副刊投稿，每千字大洋一块钱。他的文章写的是饥一天饱一天的流浪汉，影射社会的恶劣环境。'我写我所熟悉的生活，'赵树理说，'可是我不能自由地说出来，我只能写得很隐晦。最苦恼的是，我维持不了生计。'"[1] 可见，赵树理虽然发表了一些作品，但显然很难以此维持生计，也无法获得更多的"象征资本"；他介绍自己的创作动机时，说得很明白："当时，搞创作，在上海，'左联'已经有些地盘。我初写的文章在文艺界没有威望，是为吃饭而写。"[2] 加上个人、时代的原因，赵树理未能踏入北京、上海这样的大城市，也未能走上一般文学青年的路子，反而处于时代的边缘[3]。

赵树理文学因鲜明的大众化风格而广受赞扬，这需要放在中国左翼文学的脉络中重新理解。在20世纪30年代前后，左翼文学的论争中，一方面认为文学应当承担起塑造新的阶级形象、召唤新的历史主体的重任，另一方面，"文艺大众化"逐渐成为核心论题，因而大众掌握文化、获得文化解放，成为重要的目标。与此同时进行的，是对五四新文学运动的反思、批判。瞿秋白提出："文艺革命运动之中的领导权斗争，是无产阶级的严重的任务。资产阶级，以及摩登化的贵族绅士，一切种种的买办，都想利用文艺的武器来

---

[1] ［美］杰克·贝尔登：《中国震撼世界》，邱应觉等译，北京出版社1980年版，第111页。

[2] 赵树理：《生活·主题·人物·语言》，《赵树理全集》第六卷，第129页。

[3] 抗日战争爆发后，中国共产党吸纳了大量文化人，他们当中的许多人在艺术上已经比较成熟，甚至不乏成名成家者。同时，也吸纳了一些未能登上文坛的文学青年：他们之前或者是机缘不巧，或者是能力有限，或者是刚刚起步，战争为他们开辟出了新的天地，中共在抗战中组建了大量的文艺组织、机构，将他们纳入其中。比较典型的例子，可以举出赵树理、孙犁、梁斌和阮章竞等。这些作家后来成为解放区、共和国文艺的主力。可参看洪子诚《中国当代文学概说》，北京大学出版社2010年版，第30—36页。不过，洪子诚只是简单的罗列，具体的历史过程需要更细致的分析。

加重对于群众的剥削，都想垄断文艺，用新的方法继续旧的愚民政策。"在"领导权"的高度上，瞿秋白指出：

> 新文艺——欧化文艺的最初一时期，完全是资产阶级智识分子的运动，所以这种文艺革命运动是不彻底的，妥协的，同时又是小团体的，关门主义的。这种运动里面产生了一种新式的欧化的"文艺上的贵族主义"：完全不顾群众的，完全脱离群众的，甚至于是故意反对群众的欧化文艺，——在言语文字方面造成了一种半文言（五四式的假白话），在体裁方面尽在追求着怪癖的摩登主义，在题材方面大半只在智识分子的"心灵"里兜圈子。初期的无产文学运动也承受了这些资产阶级的遗产。因此，它很久的和广大的群众隔离着。①

瞿秋白提出重要的解决途径是："开始俗话文学革命运动——这是要完成白话运动的任务，要打倒胡适之主义，像现在要打倒青天白日主义一样"；"街头文学运动——开始做体裁朴素的接近口头文学的作品：说书式的小说，唱本，剧本等等"；"工农通讯运动——要开始经过大众文艺来实行广大的反对青天白日主义的斗争，就必须立刻切实地实行工农通讯运动"②。显然，瞿秋白深受苏联的文艺传统的影响。虽然同属左翼文学阵营，但他们之间仍存在着较大的差异，茅盾在回忆中谈到自己和瞿秋白的分歧：

> 我发现我与秋白是从不同的前提来争论的，即我们对文艺

---

① 瞿秋白：《欧化文艺》，《瞿秋白文集·文学编》第一卷，人民文学出版社1981年版，第492页。

② 瞿秋白：《普罗大众文艺的现实问题》，《瞿秋白文集·文学编》第一卷，第480—482页。

大众化的概念理解不同。文艺大众化主要是指作家们要努力使用大众的语言创作人民看得懂，听得懂，能够接受的，喜闻乐见的文艺作品（这里包括通俗文艺读物，也包括名著）呢，还是主要是指由大众自己来写文艺作品？我以为应该是前者，而秋白似乎侧重于后者。由此又引出了对文艺作品艺术性的分歧看法。我认为没有艺术性的"文艺作品"不是文艺作品，即使最通俗的文艺作品也然。而秋白则似乎认为大众文艺可以和艺术性分割开来，先解决"文字本身"问题。秋白对文艺大众化的上述理解，大概与他很重视苏联的工农通讯员运动的经验有关。但苏联开展工农通讯员运动有一个先决条件，即政权在无产阶级手中，而中国那时却没有。[1]

无论有着怎样的分歧，文艺大众化问题已经摆上了桌面。其中鲁迅说的最为切实，他提出："我相信，从唱本说书里是可以产生托尔斯泰、弗罗培尔的。"[2] 不过，鲁迅主要是从民间发掘资源，他说："到现在，到处还有民谣，山歌，渔歌等，这就是不识字的诗人的作品；也传述着童话和故事，这就是不识字的小说家的作品；他们，就都是不识字的作家。"[3] 但鲁迅也看到了外在条件的重要性，即："多作或一程度的大众化的文艺，也固然是现今的急务。若是大规模的设施，就必须政治之力的帮助，一条腿走路是不成的，许多动听的话，不过文人的聊以自慰罢了。"[4] 显而易见，在当时文艺大众化仍然缺乏充分开展的历史条件。

---

[1] 《茅盾全集》第三十四卷，人民文学出版社1997年版，第553页。
[2] 鲁迅：《论"第三种人"》，《鲁迅全集》第四卷，人民文学出版社2005年版，第453页。
[3] 鲁迅：《门外文谈》，《鲁迅全集》第六卷，人民文学出版社2005年版，第97页。
[4] 鲁迅：《文艺的大众化》，《鲁迅全集》第七卷，人民文学出版社2005年版，第368页。

抗日战争的爆发为新文艺的发展提供了历史契机。周扬敏锐地指出:"战争给予新文艺的重要影响之一,是使进步的文艺和落后的农村进一步接触了,文艺人和广大民众,特别是农民进一步地接触了。抗战给新文艺换了一个环境。新文艺的老巢,随大都市的失去而失去了,广大农村与无数小市镇几乎成了新文艺的现在唯一的环境。这个环境虽然是比较生疏的、困难的,但除它以外再也找不到别的处所,它包围了你,逼着你和它接近,要求你来改造它。过去的文化中心既已暂时变成了黑暗区域,现在的问题就是把原来落后的区域变成文化中心,这是抗战现实情势所加于新文艺的一种责任。新文艺在改造环境中将会更多地改造了自己。"① 随后是文化人的播迁,如汪晖所言:"自抗日战争爆发以后,北平、天津、上海、南京、武汉等大都市相继失陷,原先集聚在这些大都市里的文学家主体开始往西南、西北等地区转移。这一过程还伴随着一系列的大学迁徙、文化产业的转移,新、老刊物在边缘地区的兴起等文化实践,重庆、成都、延安、昆明、桂林、香港等地成为新的文化中心。文化中心转移当然不只是文化机构和文化人的转移,而且还是读者群和整个环境的变化,特别是城市与乡村关系的变化。整个抗日战争时期的中国文学面临自觉地调整和被迫的转移,这都是和上述历史性变迁直接相关的。"② 多年之后,文学史家王瑶特别指出,抗战之后中国文学"进入一个新的阶段",即"中国的抗日不是一般的战争,而是一场由最广泛的人民群众各阶层参加的,以农民为主体的,为争取民族独立与解放为目的的战争。文学服务于这样一种特殊性质的战争,就必然地将文学与人民(在中国特别是农民)

---

① 周扬:《对旧形式利用在文学上的一个看法》,《中国文化》(创刊号)1940 年 2 月 15 日。

② 汪晖:《地方形式、方言土语与抗日战争时期"民族形式"的论争》,《汪晖自选集》,广西师范大学出版 1997 年版,第 348 页。

的关系，文学的民族性问题置于十分突出的位置；文学的大众化与民族化，也就自然成为这一时期文艺理论与文艺思潮的另一个中心课题。"① 这意味着，在抗日战争中，文学、文艺和文化等不是单纯的某个作家的立场、风格的问题，而是要在历史大变动中重新理解、界定。

关于文学形式问题的再次提出，显然受到了两个方面的冲击：其一，文学空间从城市转向了农村；其二，文学的接受对象发生了变化，农民成了最重要的接受群体。而中国农村具体的、复杂的文化问题，显然无法在城市的文化规划和经验中得到解决，围绕期刊、报纸和出版为中心展开的文学生产方式，显然无力回应农民的文化要求。因此，王瑶说："在整风运动之前，解放区文艺的主要问题也正是新文学史上流传下来的两个基本弱点——内容上的小资产阶级的思想情感和形式上的过于欧化。"② 问题的症结在于：一方面，抗战对文艺界提出了新的要求，另一方面，文艺界却存在着比较明显的问题。1938年4月，毛泽东在延安鲁迅艺术学院成立时讲话，指出："亭子间的人弄出来的东西有时不大好吃，山顶上的人弄出来的东西有时不大好看。有些亭子间的人以为'老子是天下第一，至少是天下第二'；山顶上的人也有摆老粗架子的，动不动'老子二万五千里'。"③ 毛泽东点出了问题，但在文艺实践中，摩擦、分歧仍然不断出现，主要包括两个层面的问题：其一，文艺团体、作家和政治形势及现实问题的关系；其二，秉持不同文艺观念的文艺家之间的矛盾。后者尤其是"文坛"和"文摊"的核心矛

---

① 王瑶：《抗日战争时期及解放战争时期的文艺理论批评概况》，《王瑶全集》第五卷，第233页。
② 王瑶：《中国新文学史稿》下，《王瑶全集》第四卷，河北教育出版社2000年版，第212—213页。
③ 毛泽东：《统一战线同时是艺术的指导方向》，《毛泽东文艺论集》，中央文献出版社2002年版，第13页。

盾所在。

在太行文艺界，赵树理也卷入了这类论争当中，最典型的是1942年在华北召开的"通俗化、大众化"座谈会。会上赵树理念了一首诗："观音老母坐莲台，一朵祥云降下来，杨柳枝儿洒甘露，拯救世人免祸灾"，并说"这才是在群众中占压倒优势的'华北文化'！其所以是压倒的，是因为它深入普遍，无孔不入，俯拾皆是，而且其思想久已深入人心。"① 据当事者回忆，赵树理的主要观点是："我搞通俗文艺，还没想过伟大不伟大，我只是想用群众语言，写出群众生活，让老百姓看得懂、喜欢看，受到教育。因为（他把话锋一转，提出了一个针锋相对的命题）：——群众再落后，总是大多数。离开了大多数就没有伟大的抗战，也就没有伟大的文艺！"② 对此赵树理念念不忘，1956年，他谈道："抗日战争开始以后，我又用这种语言（群众语言）写作品，在太行山的文艺界一直得不到承认。后来被党的宣传部门重视了，把我调到太行新华书店当编辑。那时候王春同志是主任，我们便把延安和其他根据地出的文艺刊物中的语言跟我们相近的作品出了几个选集，其余欧化一点的文和诗一律不予出版。"③ 正是基于这一状况，毛泽东在《在延安文艺座谈会上的讲话》中提出要解决文艺界的宗派主义，"要去掉宗派主义，也只有把为工农，为八路军、新四军，到群众中去的口号提出来，并加以切实的实行，才能达到目的，否则宗派主义问题是断然不能解决的"④。"到群众中去"要求作家完成自我改造，毛泽东提出，"许多同志爱说'大众化'，但是什么叫做大众化呢？就是我们的文艺工作者的思想感情和工农兵大众的思想感情打成一

---

① 戴光中：《赵树理传》，北京十月文艺出版社1987年版，第143—145页。
② 华山：《赵树理在华北〈新华日报〉》，引自董大中编《赵树理年谱》，第204—205页。
③ 赵树理：《我的宗派主义》，《赵树理全集》第四卷，第492页。
④ 毛泽东：《在延安文艺座谈会上的讲话》，《毛泽东选集》第三卷，第858页。

片。而要打成一片，就应当认真学习群众的语言。"① 这样的要求已经不局限于文学创作的层面，而是对作家提出了全面的要求，也就是《在延安文艺座谈会上的讲话》中说的文艺工作者的立场问题、态度问题、工作对象问题、工作问题和学习问题。

抗日战争为赵树理的文学理念、风格的形成和成熟提供了土壤，作家对此有着自觉的意识。1941年，赵树理在《通俗化"引论"》一文中提出：

> 通俗化的定义是很难下的，说明了形式，包括不了内容，解释起任务和作用来，便又会和一些旁的问题——如"大众化""民族化"甚至"旧形式""民间形式""民族形式"等问题都牵缠到一处。根据我们研究的所得，认为通俗化应该包括下面两层意义：
>
> 第一，在对抗战的宣传动员上说，通俗化的作用是顶大的。陈伯达先生说："各种'小书'，历来在各地民间广大地流行着；销行到各角落，传说到各角落；但是我们的新文化运动者，还没有一样通俗的'小书'，可以比得上它们的万分之一！"陈伯达先生这段话是十二分对的。……
>
> 第二，通俗化也不仅仅是抗战动员的宣传手段；周文先生说："通俗化……的任务是在普及，是在使大众能够接受，并且成为他们能够把握的新文化。"因此，它还得负起"提高大众"的任务，而不能"把通俗化本身降低到和群众的落后情况平等"。这样一来，通俗化的意义就更加重大了：它应该是"文化"和"大众"中间的桥梁，是"文化大众化"的主要道路；从而也可以说是"新启蒙运动"一个组成部分——新启蒙

---

① 毛泽东：《在延安文艺座谈会上的讲话》，《毛泽东选集》第三卷，第851页。

运动,一方面应该首先从事拆除文学对大众的障碍;另一方面是改造群众的旧的意识,使他们能够接受新的世界观。而这些,离开了通俗化,就都成了空谈,就成了少数"文化人"在兜圈子,再也接近不了大众。这一点,应该成为通俗化最主要的意义所在。①

可见,在抗日战争的大背景中,赵树理认为文艺"通俗化",不仅推动了"抗战的宣传动员",而且,还承担了"改造群众的旧的意识"的功能,甚至也包含了"文化大众化"和"新启蒙运动"的预期和追求。但是,中国抗战时期的文学,通过"民族形式"的讨论,尤其是毛泽东的《在延安文艺座谈会上的讲话》,已经不再局限于在文学功用的意义上来讨论"通俗化""大众化"等问题。按照贺桂梅的说法:"把'民族形式'论争作为探讨赵树理文学'现代性'内涵的大背景和基本格局,并不单纯是为了介绍赵树理创作的'时代背景',而是试图说明:尽管赵树理几乎没有直接参与论争,但他以其创作实践,完成了'民族形式'这一范畴在1930—1940年代之交提出时试图完成的乡村/都市、知识分子/农民、地方色彩/民族形式之间的统合,尤其是传统/现代的重新整合。也正是这一点,构成了赵树理文学'现代性'的特殊内涵。"② 中国的解放区文艺,尤其是延安文艺已经蕴含着对全新的文学形态的想象、追求和实践。

显然,赵树理的创作与中共的政策导向有很高的契合度。赵树理说:"我在抗战初期,原没有打算当一个作家,我是在山西省牺

---

① 赵树理:《通俗化"引论"》,《赵树理全集》第二卷,第67—68页。
② 贺桂梅:《赵树理文学的内在历史视野》,贺桂梅:《赵树理文学与乡土中国现代性》,第67页。

牲救国同盟会做宣传工作的,写些什么传单呀,快板呀之类,什么都写,除此之外我没有写作的任务,连业余作者也不是。当时我所写的都不是什么文艺作品。"① 而到了"一九四三年五月,我写了《小二黑结婚》。五个月之后,又写了《李有才板话》。写了这两篇,领导上叫我专业化了。"② 自此之后,赵树理才正式登上了文坛。如果说,文坛这一概念要与晚清乃至五四的现代性观念相联系,也要从这一文学形态所依托的城市环境和媒介条件来进行讨论,那么,赵树理的"文摊"文学则需要放置在乡村的土壤中予以考察。事后看来,赵树理文学的大众化追求与毛泽东的文艺思想存在不小的分歧,但同样不得不正视的是,正是借助毛泽东的《在延安文艺座谈会上的讲话》,赵树理的文学形式才获得了合法性。

最有意味的是,赵树理获得专业作家的身份之后,他所贴近的并非现代的文坛体制;恰恰相反,随着抗战的爆发,在中共领导的根据地,真正打破了现代文坛的等级秩序和美学规范,打破了现代商业化的文学生产体制。对于被排斥在现代文坛之外的赵树理来说,这种感觉格外明显。贝尔登在文章中写道:

> 赵树理并没有从销售他的书中得到版税。我觉得他的生活并不比过去好多少,我把这个意思告诉了他。他觉得好笑。"你知道在中国'文丐'是什么意思吗?抗战前,自己不掏点钱,书就没法出版。中国大多数作家付钱给出版商,而不是出版商付钱给作家。没钱就别想出书。关于群众运动的书就更不能出了。而现在,我想写的东西,政府就帮助出版。再说,在这种时候,我赚钱干什么?有志愿战士,就有志愿文化人。正

---

① 赵树理:《作家要在生活中作主人》,《赵树理全集》第六卷,第152页。
② 赵树理:《生活·主题·人物·语言》,《赵树理全集》第六卷,第130页。

因为如此，我为人民创作完全是出于自愿的。"①

据唐小兵的研究，在中共的文艺体制内，"'文艺工作者'改造自己和自己作品面貌的要求具有如此强烈的号召感染力，正是因为在这一口号后面许诺了新型的艺术家与其作品，以及艺术家与其作品接受者的关系。这种新型关系的最大诱人之处就是艺术作品直接实现其本身价值的可能，亦即某种存在意义上的完整性和充实感，以及与此同时的对交换价值的超越。"② 赵树理的创作显然不是西方意义上的"先锋文学"，但在解放区的文艺环境中，其摆脱了现代的文学艺术体制却是不争的事实。赵树理的文学理念主要是基于对农村的文艺体制和文艺传统、农民文化程度和艺术趣味的确切认知。

赵树理在接受贝尔登的访谈时，做了更具体的说明："从我为农民写作以来，我写小说，写剧本。过去，我使用的语言和现在不一样，我的东西只有少数知识分子看。后来我想到，农民能看到的书尽是些极端反动的书，这些书向农民宣扬崇拜偶像，敬鬼神，宣扬迷信，使农民听凭巫婆的摆弄。我想，我应该向农民灌输新知识，同时又使他们有所娱乐，于是我就开始用农民的语言写作。我用词是有一定标准的。我每写一行字，就念给父母听，他们是农民，没有读过什么书。他们要是听不懂，我就修改。我还常去书店走走，了解买我书的都是些什么样的人，这样我就能知道我是否有很多的读者。因为成千上万的农民都不识字，所以我就写能为他们演出的剧本。这样，从前只有少数知识分子看我的作品，现在连穷

---

① [美]杰克·贝尔登：《中国震撼世界》，第115页。
② 唐小兵：《我们怎样想象历史（代导言）》，唐小兵编：《再解读：大众文艺与意识形态》，北京大学出版社2007年版，第6页。

人都普遍能看到了。"① 不难看出,赵树理并不以职业作家自命,他更看重的是农民文艺娱乐方式的改变。

在一篇文章中,赵树理介绍了土改之后农村的文艺状况:

> 在历史上,不但世代书香的老地主们,于茶余饭后要玩弄琴棋书画,一里之王的土财主要挂起满屋子玻璃屏条向被压倒的人们摆摆阔气,就是被压倒的人们,物质粮食虽然还填不满胃口,而有机会也还要偷个空子跑到庙院里去看一看夜戏,这足以说明农村人们艺术要求之普遍是自古而然的。广大的群众翻身以后,大家都有了土地,这土地不但能长庄稼,而且还能长艺术。因为大家有了土地后,物质食粮方面再不用向人求借,而精神食粮的要求也就提高了一步。因而他们的艺术活动也就增多起来。
>
> 农村艺术活动,都有它的旧传统。翻身群众,一方面在这传统上接收了一些东西,一方面又加上自己的创造,才构成现阶段的新的艺术活动。②

在简要地说明了农村戏剧、秧歌、音乐、歌曲、图画等艺术状况之后,赵树理最后谈到小说在农村的状况:

> 五四以来的新小说和新诗一样,在农村中根本没有培活了;旧小说(包括鼓词在内)在历史上虽然统治农民思想有年,造成了不小的恶果,但在十年战争中,已被炮火把它的影响冲淡了,现在说来,在这方面也是个了不起的空白。

---

① [美]杰克·贝尔登:《中国震撼世界》,第116—117页。
② 赵树理:《艺术与农村》,《赵树理全集》第三卷,第229页。

农村所需要的艺术品种类之多，数量之大，有时都出乎我们想象之外。办一份杂志，出一份画报，成立一个剧团，作一篇小说，很容易叫文化工作者圈子里边的人普遍知道，可是一拿到农村，往往如沧海一粟，试想就晋冀鲁豫边区这一块地方，每一户翻身群众要买你五张年画，你得准备多少纸张？每一县一个农村剧团的指导人，就需要出多少戏剧干部？在这人力不敷分配的时候，后方艺术界的同志们，即使全体总动员投入农村，也只能是作一点算一点，作一滴算一滴，哪里还敢再事踟蹰呢？①

这样的思路在赵树理此后的文章中时时可以看到。赵树理对农村文艺的看法及其相关创作中包含了几重意思：其一，农村需要文艺活动，农村的文艺活动要与一定的物质条件相适应；其二，农村的文艺活动一定要考虑读者，即广大群众的需要和喜好，文艺要发挥作用，就要"老百姓喜欢看"；其三，一定要贴近广大群众的审美趣味，并创造适当的形式来发挥文艺的效用。这三者构成了赵树理展开文艺实践的重要依据。翻身后广大农民的艺术需求应该得到满足，这就要求相应的物质条件和文艺形态予以支持，这一方面需要继承农村的旧传统，一方面又要跟着新的时代条件和环境而"加上自己的创造"。

赵树理所坚持的"文摊"文学，农民是主要接受对象。他多次谈到自己创作是以农民为对象的。1962年，他谈到"我所要求的主要读者对象是农民"②。以农民为读者对象，首要的就要求通俗化。1949年，进了北京的赵树理敏锐地指出："我常到天桥一带

---

① 赵树理：《艺术与农村》，《赵树理全集》第三卷，第229页。
② 赵树理：《不要急于写，不要写自己不熟悉的》，《赵树理全集》第六卷，第145页。

去，看见许多小戏园子里，人都是满满的，可是表演的却不是我们文艺界的东西。我们号称为人民文艺工作者，很惭愧，因为人民并未接受我们的东西。"① 形式的意义也由此显得格外突出。基于作品的主要接受对象是农民，赵树理更关注农村文艺的实际状况，他对中国文艺的民间传统的刻意强调已不无文化权力争夺的意味。因此，赵树理的"文摊"理想，又和新中国成立之后逐渐形成的文坛体制形成了激烈的冲突②。

赵树理的小说要面向广大农民，必然需要照顾到农民的文化修养和审美趣味，他特地谈道："广大群众有的是文盲，但不是艺术盲，也不是社会盲。"③ 让文盲而不是艺术盲的读者懂得、喜欢并有所教益，落实在小说形式上，主要是对评书、故事等形式的借鉴。最直观的，是赵树理小说中的"声口叙事"④ 尤其引人注目，白春香称之为隐含书场的格局⑤。因此，赵树理的创作并没有文类的刻意追求，而是游刃有余地以小说、戏曲、鼓词、小调、故事甚至政论等体裁进行创作。赵树理具体谈道："我了解农民的喜爱和要求。农民需要什么，我就写什么。农民喜欢什么艺术形式，我就采用什么形式。快板、评书、故事、小说，以及地方戏曲，我样样都写。"⑥ 1963 年，赵树理谈道："我是写小说的，过去我只注意让群众能听得懂、看得懂，因此在语言结构、文字组织上只求农村一般识字的一看就懂，不识字的一听就懂，这就行了。不久以前我明白

---

① 赵树理：《在大众文艺创作研究会成立大会上的讲话》，《赵树理全集》第三卷，第 358 页。
② 苏春生：《从通俗化研究会到大众文艺研究会：兼及东西总布胡同之争》，《中国现代文学研究丛刊》2003 年第 2 期。
③ 赵树理：《努力繁荣曲艺创作》，《赵树理全集》第六卷，第 148 页。
④ [美] 韩南：《中国近代小说的兴起》，徐侠译，上海教育出版社 2010 年版，第 1—28 页。
⑤ 白春香：《赵树理小说叙事研究》，中国社会科学出版社 2008 年版，第 25—44 页。
⑥ 赵树理：《编小报的回忆》，《赵树理全集》第四卷，第 402 页。

一件事，这就是农民买书的机会很少……我们说文学可以分为四个方面——小说、诗歌、散文、戏剧。农民懂诗歌散文不论古今中外都有一定隔阂；小说也接触得少；戏剧这个形式就成为最接近农民的了。"① 因此，赵树理说："群众喜欢旧剧，我们就应该重视它，逐渐把它改造、提高，使它对群众更有营养成分，不应该只把群众不喜欢的或暂时不能接受的东西，硬往他们手里塞。"② 问题不在于硬塞不硬塞，根本的原因在于："不要过低估计农民的艺术水平。老一代的农民，虽说有好多人不识字，可是看戏、听说书都是他们习惯了的艺术生活，一听了那些声音，马上就进入了艺术环境。"③

我们看到，赵树理创作中涉及的形式有戏剧、鼓词、相声、曲艺、评书等，有的是直接的采用，有的是改造加工，有的则创造出了新的形式。戏剧、评书等文艺形式，其流通需要借助乡村剧团、说书人等才能传播久远。因此，在农村里，乡村剧团和说书人是文艺传播的重要媒介。因此，赵树理的"读者"是多样的，一类是如剧团、说书人等较为专业的文化人，还有一类则是农村中达到一定识字程度的读者。层次高的读者不用说，一般的读者也可以讲给不识字的读者听。在这一意义上，不能完全在阅读的意义上理解赵树理文学。实际上，赵树理的许多作品都被改编成多种文艺形式，其文本显然也是多样的。一个文学文本在体裁上具有如此之大的繁衍能量，这是文学史上值得注意并深入探讨的话题④，也是讨论赵树理的小说的基本视角。可以看出，赵树理并不追求文体的纯粹，也不着意于文体的创造，相反，他是一个不太在意文体的作家。赵树理将中国文学传统划分为古代士大夫阶级传统、五四以来新文学传

---

① 赵树理：《戏剧为农村服务的几个问题》，《赵树理全集》第六卷，第181页。
② 赵树理：《当前创作中的几个问题》，《赵树理全集》第五卷，第306页。
③ 赵树理：《不要急于写，不要写自己不熟悉的》，《赵树理全集》第六卷，第145页。
④ 参看段文昌《赵树理小说的改编与传播》，山西人民出版社2014年版。

统和民间传统,着重于对传统民间的故事、戏曲、快板、曲艺等形式的借鉴,并由此转化为其文学形式的内在追求,有力地塑造了其作品风貌①。

不过,小说毕竟不同于曲艺、鼓词等以骈文为主,并辅以音乐的文艺形式,因此,赵树理小说的语言更多地从文字的节奏感、韵律感把握和感知,与白描手法的结合,更构成了形象生动的叙事风格。这一形式的关键意义在于,其创造包含了文化解放的全新意味,具体而言,就是打破了以往五四文学与农村的隔膜状态,创造了农村与革命政治勾连起来的文化形式,进而言之,则是将乡村问题用一种内在的、可以被群众感知的形式传达甚至创造了出来。赵树理对民间文艺形式的反复提及并不断强调,当然不能用"由雅回俗"这样过于简单化的提法来描述,更不能由此就把赵树理文学等同于民间通俗文学。赵树理讲过"通俗"是必要的,但还要"化","通俗化"是必要的,但不能"拖住"②。赵树理致力于"文摊"文学,他的小说创作尤其重视声音,以及"说—听"关系的构建。在这些小说中,对事物情状、人情事理以及人物形象的模拟刻画,也主要是通过口语叙述和对话来完成的。陈平原关于书面小说和传统小说的特点的比较时提出"作为书面形式的小说再也不

---

① 赵树理在多处提到这一问题,在《我对戏剧艺术改革的看法》(1954)中提到:"中国各个艺术部门,都有以下三份遗产:一、古典的。它是封建时代的文学艺术家们屡次从人民大众中吸取来的艺术精华、并加以提高而成的。二、民间的。前边说过,人民大众是接着他们自己的传统来发展他们的文学艺术的,因之,现在还有好多具有特util风格的民间文艺、民间艺术在人民中间流传着。三、外国的。"见《赵树理全集》第四卷,第157—158页。在《"普及"工作旧话重提》(1957)中,赵树理谈道:"中国文艺仍保持着两个传统:一个是'五四'胜利后进步知识分子的新文艺传统(虽然也产生过流派,但进步的人占压倒优势),另一个是未被新文艺承认的民间传统。"见《赵树理全集》第五卷,第33页。在《回忆历史 认识自己》(1966)中,赵树理提到,"中国现有的文学艺术有三个传统:一个是古代士大夫阶级的传统,旧诗赋、文言文、国画、古琴等是。二是五四以来的文化界传统,新诗、新小说、话剧、油画、钢琴等是。三是民间传统,民歌、鼓词、评书、地方戏曲等。"见《赵树理全集》第六卷,第479页。

② 赵树理:《通俗化与"拖住"》,《赵树理全集》第二卷,第98—105页。

是诉诸听觉,而是诉诸视觉,因而也就不再要求一定要以扣人心弦而且便于记忆追踪的情节为中心。"① 诉诸听觉的小说写法上自然要追求情节上的扣人心弦。不过,要吸引读者,并给他们以鲜明的印象,则要着力于将人物和故事以形象的语言传达出来。孙晓忠对此做了较为深入的讨论,他提出:

> 从《盘龙峪》开始,对话的重要性开始呈现,并逐渐成熟。对话者均为村夫野老。小说开头通过两人的"闲扯"道出了正事,叙述了村里的人际关系。为谈"正事"(交代12个结拜兄弟),不断牵扯出村里人与财产经济状况,通过正事—闲事的颠倒,闲聊的政治意义释放出来,这也是赵树理的以人带事的叙事技巧。他的一些小说如《打倒汉奸》《放羊老汉谈"招呼"》等,全文用对话体写成,没有一句叙述人的话。赵树理一贯主张写"话"比作"文"重要,通过对声音的捕捉,创造一个鲜活的生命世界。赵树理认为刻画人物要从声音入手,主张"足音辨人",即把一个人熟悉到连他的脚步声都听得出来,这已经不是一个听觉的问题,而是对描写对象的情感投注。这也不再是对单个人的关注,而是对声音的差异辨析中关注人与人的关系,熟悉他们的声音就是熟悉整个乡村。②

这里实际上提示出赵树理把握并创造出了一种传达和呈现乡村问题的、解放式的文艺形式。有研究者就提出,赵树理成名之后发表的26篇小说中,可与传统小说在形式上找到相似性的"叙述者显身不介入的全知叙述方式"的只有《孟祥英翻身》《登记》《表

---

① 陈平原:《二十世纪中国小说史(1897—1916)》第一卷,第109—110页。
② 孙晓忠:《有声的乡村——论赵树理的乡村文化实践》,《文学评论》2011年第6期。

明态度》和《卖烟叶》四篇作品。① 事实上，中国传统小说话本的体制比这要远为复杂："它的基本体裁，可分为六个部分：一题目，二篇首，三入话，四头回，五正话，六结尾。"② 而且，各个部分在不同的话本发挥不同的作用，在形式上又有着特定的要求。譬如，篇首部分，"它和正话的内容有密切联系，不能脱离正话而独立存在"③。再譬如，正话部分又有着两个特点："第一，正话的文字，明显地分为散文和韵文两种，而各有其独特的作用……第二，是表演时的分回。说话有一种特别长处，就是在紧要关头，忽然打住。"④ 因此，赵树理的小说写法和同时期的作家有很大不同，他谈道：

> 我写东西都是粗线条的，心理活动很少，这让读者去填充好了。⑤
> 突出写人物，无非是语言和动作，再没别的办法。⑥
> 我是主张"白描"的，因为写农民，就得叫农民看得懂，不识字的也听得懂，因此，我就着重在描写扮相、穿戴。通过人物行动和对话去写人。⑦

关于小说语言，赵树理特地做过说明："我们的小说是由评话来的，几个大部头都是这样发展而来。这是能'说'的小说，后来

---

① 白春香：《赵树理小说叙事研究》，第27—28页。
② 胡士莹：《话本小说概论》上，中华书局1980年版，第134页。
③ 同上书，第136页。
④ 同上书，第142—143页。
⑤ 赵树理：《在长春电影制片厂电影剧作讲习班的讲话》，《赵树理全集》第六卷，第40页。
⑥ 赵树理：《运用传统形式写现代戏的几点体会》，《赵树理全集》第六卷，第195页。
⑦ 赵树理：《在北京市业余作者短篇小说创作座谈会上的发言》，《赵树理全集》第六卷，第126页。

的小说有不少是离开'说'了。我主张报上的文章,不但是小说能'说',社论、通讯等也最好是能'说'的。我们在太行山时,办个刊物,各种各样的文章都发表在上面,我们把这些文章都变成'话'了。"① 这里主要指口语化语言,不过这里的口语化需要细致的分析:对话体的采用明显可以看出说书人的口吻和传统说唱文学形式的模拟,如小说中的骈文与散文的结合,最明显的就是《李有才板话》中的板话和《"锻炼锻炼"》开头的大字报,这些都是明显的骈文形式的采用,只是这与传统小说的只为显示辞藻之美的做法大相径庭,这些骈文组成了文章形式和内容的有机部分,对于小说的接受和传播发挥了重要的功用。

当然,单从语言上来讨论赵树理小说的特点仍有所不足,有必要指出赵树理小说形式另外的两个重要特点:即小说叙事中"故事性"的强调和人情常理观念的介入。文本传播怎样的故事?什么元素契合读者的兴奋点,具有吸引力?这在不同形式的作品中有所不同。关于现代文学的叙事特点,陈平原指出:"在'五四'作家、批评家看来,这小说中独立于人物与情节以外而又与之相呼应的环境或背景,既可以是自然风景,也可是社会画面、乡土色彩,还可以是作品的整体氛围乃至'情调'。颇为'五四'作家推崇的'抒情诗小说',可能落实在人物心理的剖析,也可能落实在作品氛围的渲染。而这两者,都是对以情节为结构中心的传统小说叙事结构的突破。"② 在革命文学的脉络中,针对农民这一特殊群体,小说的情节自然居于重要的位置,《吕梁英雄传》是一个比较典型的例子。1946年6月15日《解放日报》的文章评介这部小说吸引人之处在于:"对于作品的主题,作者不是以空洞的说理来阐明,也不是以

---

① 赵树理:《生活·主题·人物·语言》,《赵树理全集》第六卷,第132、134页。
② 陈平原:《中国小说叙事模式的转变》,第98页。

作者个人情感的感叹和抽象的歌颂来表现的，它是具体的描写人民如何觉醒，如何成长，如何翻身，情节生动，故事紧张。"① 早在1940年，赵树理就注意到叙事中故事的效力，他在一篇文章中提出："利用鼓词，尚能不失鼓词的本色，通过了故事，把大道理溶化到人物生活中，则效力更大。"② 正是"情节生动，故事紧张"等传奇性因素构成了革命小说非凡的魅力和吸引力。侯金镜在文章中分析《林海雪原》道："在紧张的故事进程中，作者常常舍弃了琐细的生活，而把人物放在重大的冲突、惊险的行动中去描写。这时候，在一些节骨眼上，再插入偶然性的情节，既突出了人物，又能引人入胜；即使故事情节多变化而不呆滞，又把现实性和传奇性的两种不同的调子巧妙地融合在一起，这就使《林海雪原》的故事产生了很大的魅力。"③ 不过，赵树理对叙事中单纯卖弄技巧是明确反对的，他举例说："如杨七郎打擂，在原来的《杨家将》小说上占的篇幅并不太多，后来的艺人加以发展，发展得使杨七郎从离开杨府去到擂台上就得说好几天，上了擂台到打起来有得说好几天，而且，每一个细节又都足以增强杨七郎的英雄气概，英雄品德……有一部评书说一个姑娘下楼，说了半个月还在楼上。这里面有些是为长而长，为细而细，为迎合小市民的心理，就添了些小市民趣味的东西进去。"④

关于赵树理文学形式的意义，笔者认为蒋晖的提示值得重视，即："从文学角度看，以赵树理为代表的农民小说家并不是一群文体的幼童，毋庸说，他们是文体的自觉创造者。新的文体符合他们

---

① 解清：《书报评介：〈吕梁英雄传〉上册》，引自高捷等编《马烽 西戎研究资料》，山西人民出版社1985年版，第113页。
② 赵树理：《怎样利用鼓词》，《赵树理全集》第一卷，第231页。
③ 侯金镜：《一部引人入胜的长篇小说》，《侯金镜文艺评论集》，人民文学出版社1979年版，第121—122页。
④ 赵树理：《从曲艺中吸取养料》，《赵树理全集》第五卷，第260页。

的认知模式。如果我们能够注意他们对文本的定义，对作家、读者等一系列文学核心观念的理解，我们也许会发现里面有许多新的有活力的东西。现在的问题是，我们可以感觉到却未能很好地把它们概念化，因而就不能被后面的文艺家所理解并挪移到自觉的文学创新中去，也因而会丧失曾有的表述农民的文学叙事的丰富性和可能性。"[①] 事实上，开放的创作姿态、问题观念等使得赵树理的文学形式在农村获得了生命力，同时满足了文艺介入乡村变革的现实需要。

第二节 "问题小说"辨析

赵树理的创作大都是"有所为"而发的。他说："我在做群众工作的过程中，遇到了非解决不可而又不是轻易能解决的问题，往往就变成了所要写的主题。"[②] 因此，"我的作品，我自己常常叫它是'问题小说'。为什么叫这个名字，就是因为我写的小说，都是我下乡工作时在工作中所碰到的问题，感到那个问题不解决会妨碍我们工作的进展，应该把它提出来"[③]。"问题小说"的说法由此而来，其中不无夫子自道的意味。赵树理的"问题小说"有着鲜明的当下性，作品的主题极为显豁。在创作谈和回忆文章中，他反复讲述作品的创作动机和主题。如《李家庄的变迁》是要"揭露旧社会地主集团对贫下中农种种剥削压迫的，是为了动员人民参加上党战役的（这一任务没有赶上），其中虽然也写到党的领导，但写得不够得力，原因是对党的领导工作不太熟悉"。《催粮差》主要是

[①] 蒋晖：《中国农民革命文学研究与左翼思想遗产的创造性转化》，《文艺理论与批评》2004年第3期。

[②] 赵树理：《也算经验》，《赵树理全集》第三卷，第350页。

[③] 赵树理：《当前创作中的几个问题》，《赵树理全集》第五卷，第303页。

"挖掘旧日衙门狗腿子卑劣的品质的。那是一九四六年，我到阳城去，见到很多那一类的人员，到处钻营觅缝找事干，恐我们有些新同志认不清楚，所以挖了一下"。《福贵》针对的问题是："那时，我们有些基层干部，尚有些残存的封建观念，对一些过去极端贫穷、做过一些地主阶级认为是下等事的人（如送过死孩子、当过摇鼓手、抬过轿等），不但不尊重，而且有点怕玷污了自己的身份，所以写这一篇，以打通其思想。"《地板》的背景是："那时我们正进行反奸、反霸、减租、退租运动，和地主进行说理斗争……散会之后，仍有一些群众窃窃私议，以为地主拿出土地来，出租也不纯粹是剥削。为了纠正旧制度给人们造成的这种错误观念，我才写了这一篇很短的小说。"《邪不压正》"写土改后期（平分土地）一个流氓乘机窃取权力后被整顿的故事。在老区土改总过程中（包括反奸、反霸、减租、减息历次复查直至平分土地），不少地方每次运动开始，常有贫下中农尚未动步之前，而流氓无产阶级趁势捷足先登，抓取便宜的现象。"《老定额》《"锻炼锻炼"》"都是反对不靠政治教育而专靠过细的定额来刺激生产积极性的。"《杨老太爷》"是讽刺有资本主义思想的青年干部之父，故事时间是解放初期，农村有些干部的家长，对孩子在外参加革命工作，仍以'做事赚钱，发展家业'的眼光视之。不给他捎钱便以为是坏了良心，这思想应该纠正"①。可以看出赵树理"问题小说"的核心意涵：其一，作品紧跟形势，针对遇到的问题而发；其二，作品是要让人们"打通思想"、纠正错误观念等，其目的也是明确的。

虽然"问题小说"很容易被人误认为赵树理文学只是论证中国革命必然胜利的传声筒，是一种浅薄的乐观主义，但实际上它不光指作品的现实针对性，其更深层地牵涉到赵树理的文学理念、介入

---

① 赵树理：《回忆历史 认识自己》，《赵树理全集》第六卷，第464—473页。

现实的方式等。由此可以理解赵树理为何反复强调"业余"创作的重要性。赵树理说过:"我在抗日战争初期是做农村宣传员工作的,后来作了职业的写作者只能说是'转业'。从作这种工作中来的作者,往往都要求配合当前政治宣传的任务,而且要求速效。"① 类似的说法在《谈"赶任务"》《谈"助业作家"》等文章中也可以看到。赵树理对"业余"创作的坚持是自觉且一贯的。他说:"我总觉得搞创作,专业不如业余。专业以后,不容易接触生活。我接触生活较早,在生活中形成了主题、人物。有了生活,同时也会有主题和人物的。"② 在赵树理看来,业余作家更容易贴近生活,他专门谈了自己的经验:"我在农村和老乡吃住在一起。夏天干活时,在地头树荫下,冬天活计少,蹲在房前晒太阳,和老乡拉家常。我向他们宣传党的政策,讲新故事,他们很喜欢听。农民有什么话都愿意对我讲,有什么疑难问题找我给他们解答。"③ 20 世纪 60 年代,赵树理还特别提到:"我以为深入生活最好是时间长一些。生活在不断变化,时间短了观察得不深刻,也不全面。当然,深入生活中去,首先还得竖立做主人的思想,要参加一定的工作,因为农民没有义务把一切都告诉你。参加了一定的工作,有了责任,有些事情经过自己处理,才有亲身的体会。我觉得最理想的办法是在一定的地方立个户口,和农民过一样的生活,与农民的关系才更密切,不然,至少也要到一个核算单位去,不一定要有什么名义,但必须要有做主人的思想,不能做客人。"④

有趣的是,1963 年,赵树理出版的作品集子就命名为《下乡

---

① 赵树理:《〈三里湾〉写作前后》,《赵树理全集》第四卷,第 383 页。
② 赵树理:《生活·主题·人物·语言》,《赵树理全集》第六卷,第 129 页。
③ 赵树理:《编小报的回忆》,《赵树理全集》第四卷,第 402 页。
④ 赵树理:《做生活的主人——在广西壮族自治区文艺创作座谈会上的发言》,《赵树理全集》第六卷,第 139 页。

集》，这一创作方式、姿态，当然和毛泽东《在延安文艺座谈会上的讲话》中关于作家的定位有关。按照唐小兵的说法："延安文艺仍然以大规模生产和集体化为最根本的想象逻辑；艺术由此成为一门富有生产力的技术，艺术家生产的不再是表达自我或再现外在世界的'作品'，而是直接参与生活、塑造生活的'创作'。因此，'文艺工作者'虽然没有获得只有市场经济才能准予的'自律状态'、'独立性'和'艺术自由'，但同时却被赋予了神圣的历史使命、政治责任以及最有补偿性的'社会效果'。"① 在这一背景中，赵树理进入了解放区文艺界的主流，但需要分辨的是，赵树理创作方式、姿态的形成，并非通过政党影响下的自我改造来完成，而是基于对农村问题的天然敏感性，更多地源于自己的切身经验。正是由于这一点，构成了赵树理独特的文学风格，具体而言，就是具有鲜明的"写实"特征。

对"写实"的坚持，其根源在于赵树理执着于当下问题。他明确意识到，自己的作品"过分强调针对一时一地的问题"。对于赵树理的这一创作倾向，前文已经引述了周扬的批评，胡乔木对他也不太满意，赵树理后来回忆道："胡乔木同志批评我写的东西不大（没有接触重大题材）、不深，写不出振奋人心的作品来。"② 即便如此，赵树理仍然拒绝《创业史》那样史诗式的写法。柳青等作家史诗式的作品风格，意在通过当代史书写，塑造出崇高的文学形象，这一新的主体形象往往预示了历史的未来走向；而且史诗自有其美学效力，按照王斑的说法："我们可以大致把崇高看作是文化启迪与提升的过程，对个人和政治圆满的崇高极致的奋力追求，阻

---

① 唐小兵：《我们怎样想象历史（代导言）》，唐小兵编：《再解读：大众文艺与意识形态》，第9页。

② 赵树理：《回忆历史 认识自己》，《赵树理全集》第六卷，第467—468页。

挡危险与威胁的身体防御机制,使大众效仿的不断更新的英雄人物,身体的傲岸形象,或者是使人形容枯槁的极端消沉与叫人振奋的无比狂喜。"其更为根本的意义在于:"历史上每个时期都有其意识形态与神话,促进了主体的形成。"① 关于赵树理与柳青文学风格的差异,洪子诚解释道:"未能做到更亲近社会主义现实主义,对赵树理来说,或许是不能(能力所限)。让素养、爱好、文学社会责任的理解上更亲近民间戏曲、说书,不那么醉心'主题提炼'、升华的朴素的赵树理,归并入西欧、俄国现实主义文学(社会主义现实主义是它的延伸)轨道,那是强人所难。但或许是不愿:在'亲身感受'到农民'琐琐碎碎'的切身问题面前,无法做到视而不见,身轻如燕地'跳出来'。"② 笔者认为,胶着于琐屑而无法回避的现实问题,这毋宁是赵树理自觉的选择。赵树理的小说主要关注生活琐事,除了作家问题意识的影响,其艺术渊源也不能忽视。前文已经谈到,赵树理的小说深受传统戏曲的影响,他提出中国古代戏剧可以分为大戏和小戏,"大戏多演的是历史故事,小戏则演的是家庭故事"③。无论是有心或者无意,家庭故事成为赵树理组织并展开小说的重要元素,将冲突纳入家庭内部也是其组织作品的惯常做法。因此,赵树理的小说很难像《吕梁英雄传》《新儿女英雄传》那样,在特殊环境中展开一段引人入胜的英雄故事,也未能像《红旗谱》《创业史》那样,通过赋予主人公以不凡的品格、觉悟或者能力来讲述激励人心的革命故事。在"十七年"追求史诗性的创作潮流中,赵树理显得格外另类。由于赵树理的作品更多地着眼于当下,也就缺乏了革命现实主义未来的向度,自然就少了几分乐

---

① [美]王斑:《历史的崇高形象——二十世纪中国的美学与政治》,孟祥春译,上海三联书店 2008 年版,第 2、3 页。
② 洪子诚:《文学史中的柳青与赵树理(1949—1970)》,《文艺争鸣》2018 年第 1 期。
③ 赵树理:《对改革农村戏剧的几点建议》,《赵树理全集》第三卷,第 320 页。

观、明朗的色彩，在美学上似乎缺乏激动人心的力量。

但是，赵树理执着于生活世界的具体问题，主要和20世纪50年代后期的历史语境有关，农业合作化尤其人民公社阶段出现的许多问题，使得作家对未来不敢有太多的展望，也不能把希望寄托在典型人物身上。恰恰通过略显烦琐的"问题小说"的写法，作家深刻地切入到乡村的矛盾当中。随着矛盾的加剧，赵树理的笔触深入到国家、集体和户的层面，因此，有研究者更强调赵树理民间立场的一面，陈思和指出赵树理只得"被迫以破碎的或隐形的方式曲曲折折地表达自己的声音"[①]。问题的复杂性在于，赵树理小说展现问题的角度，并非站在国家或农民立场中的任何一面，而是在两者之间不断游移。就作品形式而言，赵树理小说明显可以看出民间故事的结构类型和基本元素，如故事展开的矛盾及其解决、父子关系、婆媳矛盾、戏剧中的丑角形象等等。如"三仙姑""小腿疼""吃不饱"等形象，一方面很容易看出这是对传统戏曲原型的借取，另一方面，他们又是乡村问题的承担者、呈现者。这一形式的借取构成了赵树理文学的独特魅力，一则解决了新文艺在农村无法立足的形式上的困境，二则使得赵树理的问题意识足以贯穿于这一形式当中，充满了丰盈的细节和历史感。

乡村的生活经验也影响到赵树理的问题视角和观念，其小说中某些重要部分，在赵树理的小说中基本上看不到毛泽东在《在延安文艺座谈会上的讲话》中所说的"衣服是劳动人民，面孔却是小资产阶级的知识分子"的状况。这和其他革命小说相比，看得尤为明显。唐小兵对《暴风骤雨》的分析极富洞见：

农民语言从来而且早已被打上无形的引号，被缩减成一个

[①] 陈思和主编：《中国当代文学史教程》，复旦大学出版社2009年版，第40页。

符号，征兆某种"真实"或者是某种特定的生存方式，同时把这种真实或生存方式转化或者说外在化成"生活气息"或"地方色彩"而已。

《暴风骤雨》对农民语言的剥夺隔离，便也从全书第一段露出端倪。因为正是在这种"气息"、"色彩"的追求里，作者把农民语言当作装饰性的符号，而且是一个必须不断意识到自身的附补性、装饰性的符号；恰恰是农民语言所设定、所依赖的叙述方式、想象逻辑和生活经验被消掉、被过滤掉了。

农民语言在某种意义上只允许提供有装饰意义的词汇，而在作品中起组织作用的句式和语法，即作品的主导语言，却是萧队长的语言，是体制化了的语言……由这样的叙述所主导的文学作品，是不可能同时让农民语言真正进入到作品的结构组织和表意过程的，换言之，农民语言只是某个意义的点缀，而不是意义本身。[1]

而赵树理的小说中故事的推进和关键部分，赵树理借助小说人物说出的话不只是借重某种"生活气息"或"地方色彩"，也不是"附补性、装饰性的符号"，而是深入到乡村世界的肌理当中，其完满地呈现出了日常生活的丰盈细节和小人物幽微的情感世界，这是其他乡土小说作家难以企及的。

由于独特的"问题"意识和观察角度，赵树理创造出了自己的文学世界。一方面，和沈从文等作家相比，赵树理更富于政治性和现实性。关于沈从文文学的特质，王晓明指出："这种困境是必然的，因为他的这些混沌感受虽然是起自昔日对家乡生活的直接记

---

[1] 唐小兵：《暴力的辩证法——重读〈暴风骤雨〉》，唐小兵编：《再解读：大众文艺与意识形态》，第118—119页。

忆，却又并不从属于这些记忆。它原就不是那种清楚地理解了某样事物以后产生的明确印象，而几乎正相反，是那真切地感觉到什么，却又没能看明白，因而不知不觉产生出来的一种朦胧的情绪，一些飘忽的幻想，所以，它不会始终紧附于那些过去的具体印象身上，随着时间的流逝，它甚至会日益脱离那些印象，变得越来越抽象，越来越空灵，甚至转化为对整个人生世界的一种模糊而深广的玄思。"① 最终，沈从文"显露了一种局外人的冷漠，就像是从远处遥望着过去游历过的什么景致。他偶尔也发出一两声喟叹，也已经不是一个湘西'蛮子'的强抑不住的呻唤，而有点像一位下乡野游的绅士兴之所至的嗟叹了。"② 相比之下，赵树理则深入现实，持续地和实际问题展开对话。另一方面，和柳青等作家的"社会主义现实主义"文学相比，在国家与乡村关系的紧张中，赵树理主要站在农民的立场上，秉持着"写实"的作风，与实践中出现的问题展开对话。但周扬、胡乔木等对赵树理过于平实的风格，以及揭露"问题"的写法却不无异议。1953 年，周扬在一次讲话中谈道："有一种人，他们的确也愿意看到新东西，但是他们到了农村中，总是看到缺点和落后的东西比新的先进的东西多。过去我与赵树理诸同志也曾谈过这个问题。我想这个问题不能简单地说农村中没有缺点，或者与作家说你不要去写缺点，那不能解决问题。"③ 此处不难看出周扬的态度。有趣的是，多年之后，和赵树理交好的作家汪曾祺对"问题小说"提出异议，他说："最早提出'问题小说'的是赵树理，他也写过了一些这类作品，像《地板》就是解决土地问

---

① 王晓明：《"乡下人"的文体与士绅士的"理想"》，《王晓明自选集》，广西师范大学出版社 1997 年版，第 166—167 页。

② 同上书，第 178—179 页。

③ 周扬：《在全国第一届电影剧作会议上关于学习社会主义现实主义问题的报告》，《周扬文集》第二卷，人民文学出版社 1985 年版，第 202 页。

题的。但是恰恰就是他自己的不少小说，也无法放到'问题小说'里面，比如《套不住的手》，比如《福贵》，而往往就是这样一些小说比所谓的'问题小说'的艺术生命力要强。"①

在赵树理的创作中，"问题小说"不止意味着揭露现实中的问题，而且，作家还试图在小说中解决问题，给人指示出路。这很容易让人想起本雅明关于"讲故事的人"说法："讲故事的人取材于自己亲历或道听途说的经验，然后把这种经验转化为听故事人的经验。"② 按照李国华的说法，赵树理的"小说是一种具有生产性的实践形式，是用以解决农村工作中不能轻易解决的问题的有效工具"③。在笔者看来，赵树理所谓"政治上起作用"就是通过故事的讲述和传播来传达某种经验，为解决问题提供某种启示。无疑，赵树理的"问题小说"既具有当下性，又具有历时性，其与中共主导的乡村革命展开了深入而持久的对话。

---

① 汪曾祺：《漫话作家的责任感》，汪曾祺：《晚翠文谈》，河南文艺出版社 2017 年版，第 89 页。

② ［德］本雅明：《讲故事的人》，汉娜·阿伦特编：《启迪：本雅明文选》，张旭东、王斑译，生活·读书·新知三联书店 2008 年版，第 99 页。

③ 李国华：《农民说理的世界：赵树理小说的形式与政治》，上海书店出版社 2016 年版，第 23 页。

第二章

乡村变革的多重面向及其表征

赵树理的小说创作,从一开始就与乡村变革展开了深刻的对话,尤其在"问题小说"的驱动下,赵树理小说和乡村建立起来的关系,既非沈从文那样有距离的审美,也不是师陀笔下的乡村,"早已化为一片荒凉、衰败的土地……此时此刻,那里似乎只剩下一座被时光遗忘的小城,和一群被命运捉弄得意志消沉的小人物"[①]。在《有的人》《小二黑结婚》《李有才板话》《李家庄的变迁》和《催粮差》等小说中,赵树理以近代以来中国乡村基层社会的溃败为焦点,深刻地刻画了令人触目惊心的黑暗画面;这和毛泽东、费孝通等对中国乡村政治的尖锐针砭形成了密切的呼应。和此前的乡土小说不同,赵树理小说一方面揭示出了中国旧农村的黑暗和复杂的权力状况,另一方面,以中共革命为契机,乡村变革有了现实依托,赵树理的小说叙事就格外明朗,充满了欢快的基调。

值得注意的是赵树理小说中乡村变革的展开形式。按照安敏成的说法:"30年代小说真正的戏剧性恰恰在这里:五四一代知识分子主动摆脱自我的冷漠,冒险尝试突破,去遭遇——并且创造——大众,这个崭新的实体。"然而,在文学叙事中"作为主人公的大

---

① 李松睿:《书写"我乡我土"——地方性与20世纪40年代中国小说》,上海人民出版社2016年版,第290页。

众缺乏个体人物那样的丰富性和独特性,对它的再现难免要依赖于一整套有限的技巧和动机。大众永远动荡不宁,假使没有引入一个决定性的视角,便很难获得稳定的把握"①。如何塑造普罗大众的形象,并使得他们成为现代中国的主体形象,一直是中国革命文艺反复探究的问题。在这一意义上,可以理解毛泽东所说的:"文艺作品中反映出来的生活却可以而且应该比普通的实际生活更高,更强烈,更有集中性,更典型,更理想,因此就更带普遍性。"② 这一论述无疑是此后革命文学"典型性"理论的重要渊源,其核心正是阶级主体的塑造。不过,在赵树理笔下,"大众"并非阶级形象的承担者,而是以农村问题为本位、将人情事理作为判断事物标准的农民。在乡村变革中,这些人物并非像通常的革命小说叙事那样,以政党主导的"动员模式"推进乡村的改造和革命,而是按照自己的是非、情理等观念推动乡村变革,而且往往以群体的形象出现。贝尔登认为:"赵树理谈自己的写作技巧时说,他不喜欢在作品里只写一个中心人物,他喜欢描写整个村子、整个时代。他笔下的人物是由他所了解的许多人的综合体。"③ 透过小说可以看到,在政党革命和乡村之间,作家尤其着眼于乡村权力的结构性变迁。

此外,更值得注意的两点:其一,赵树理指出了乡村权力更迭的复杂性,他对革命阵营内部出现的问题,也做了深刻的思考;其二,在政治叙述之外,赵树理的笔触深入到"大众"相对自足的风俗、习惯和观念等日常生活更为细致的层面。

---

① [美]安敏成:《现实主义的限制:革命时代的中国小说》,姜涛译,江苏人民出版社2001年版,第187、189页。
② 毛泽东:《在延安文艺座谈会上的讲话》,《毛泽东选集》第三卷,第861页。
③ [美]杰克·贝尔登:《中国震撼世界》,第117页。

第一节 "势力就是理":农村基层权力的运行规则

关于乡村世界,我们很容易联想到家庭和谐、风俗淳厚、长幼有序等和谐平静的生活画面。关于这一叙事形态,巴赫金称之为"田园诗的时空体",即"这里不存在广阔而深刻的现实主义的升华,作品的意义在这里超越不了人物形象的社会历史的局限性。循环性在这里表现得异常突出,所以生长的肇始和生命的不断更新都被削弱了,脱离了历史的前进,甚至同历史的进步对立起来。如此一来,在这里生长就变成了生活毫无意义地在一处原地踏步,在历史的某一点上、在历史发展的某一水平上原地踏步。"[1]"脱离了历史的前进,甚至同历史的进步对立起来"的写法,当然不意味着作者可以摆脱现实矛盾的纠缠。文学叙事中世界的呈现形态,往往与具体的历史诉求紧紧地联系在一起,根本不可能脱离具体的历史语境和现实的斗争环境。

在中国现代文学史上,鲁迅的《风波》《阿Q正传》,茅盾的《春蚕》《秋收》,师陀的《果园城记》等,都堪称乡土文学的典范。关于乡土文学,鲁迅指出:"蹇先艾叙述过贵州,裴文中关心着榆关,凡在北京用笔写出他的胸臆来的人们,无论他自称为用主观或客观,其实往往是乡土文学,从北京这方面说,则是侨寓文学的作者。"[2] 就此而言,将鲁迅、茅盾等人称之为"侨寓文学的作者"或不为过。不过,如前文所言,赵树理的情况较为特殊,他在

---

[1] [俄]巴赫金:《长篇小说的时间形式和时空体形式》,《巴赫金全集》第三卷,河北教育出版社2009年版,第422页。

[2] 鲁迅:《〈中国新文学大系〉小说二集序》,《鲁迅全集》第六卷,第255页。

城市只有过短暂的停留，更多的时间是在农村度过，且生活很不如意，这使得赵树理更贴近底层，他笔下乡村社会的黑暗图景尤其令人触目惊心。

赵树理反映出来的乡村问题，实则以近代以来中国的大变革为背景。由于现代国家建设需要从乡村汲取资源，这加速了乡村的凋敝，乡村持久地处于震荡之中。如孔飞力所言："中国在义和团叛乱期间饱受羞辱，此后，清政府面临着两项急迫的任务：第一，从农村社会榨取更多的收入，以便支付西方列强所索取的巨额赔款并实现中国军队的现代化；第二，仿照日本建立君主立宪体制，从而使得清王朝能够起死回生。两者都要求以新方式来处理地方税收的问题。"① 这一看法无疑和费孝通形成了有力的呼应。20 世纪 30 年代，费孝通指出："中国农民的开支有四类：日常需要的支出，定期礼仪费用，生产资金，以及利息、地租、捐税等……农民的开支中最严峻的一种是最后一种。如果人民不能支付不断增加的利息、地租和捐税，他不仅将遭受高利贷者和收租人、税吏的威胁和虐待，而且还会受到监禁和法律制裁。"②

更为麻烦的是，中国基层乡村的权力结构又发生了新的变化。传统中国的地方治理主要由政府官员和基层乡绅协作完成，下沉到基层，其运作如费孝通所言："一到政令和人民接触时，在差人和乡约的特殊机构中，转入了自下而上的政治轨道，这轨道并不在政府之内，但是其效力却很大的，就是中国政治极重要的人物——绅士。"③ 谈到中国的士绅政治，有不少论者将之做了理想化的处理。

---

① ［美］孔飞力：《中国现代国家的起源》，陈兼、陈之宏译，生活·读书·新知三联书店 2013 年版，第 91 页。
② 费孝通：《江村经济》，上海人民出版社 2013 年版，第 212 页。
③ 费孝通：《乡土重建》，费孝通：《乡土中国》，上海人民出版社 2013 年版，第 280—281 页。

事实上，这一制度的运行一直存在着不小的问题，瞿同祖在研究中指出：

> 通常认为，士绅和本地百姓是休戚与共的。让我们考察一下这一判断的真实程度。在传统中国，社会学家所说的社会情感——就是对同一社会共同体的归属感——占主导地位并将士绅与农民凝聚在一起。在通常情况下，两个集团（士绅、农民）都希望社会稳定有序。但是安定有序的社会对于士绅显得更加重要，因为他们的安全和特权全赖于此。农民的任何灾祸都会导致社群的混乱从而威胁士绅的特权地位。
>
> 另一方面，作为一个特权阶级，士绅主要关心的是其家庭和亲属的利益，这种利益往往与百姓的利益相左。在地方（共同）危机迫近时，地方共同体情感会强烈凸显出来；但在平时，阶级利益对士绅的行为方式具有更大的决定作用。我们的结论是，只有在不损及自身切身利益的情况下，士绅才会考虑社区的共同利益，并在州县官和地方百姓之间进行调停。[①]

这无疑是对中国乡绅与农民关系确切的描述和把握。尤其随着清王朝的崩溃，皇权不复存在，此前科举制度被终结，传统绅士的地位也无法延续，自然也难以发挥组织基层的作用，由此，皇权和绅权双轨制的政治结构被打破。黄宗智在研究中提出，中国晚清以后华北的村庄是"一个散沙似的街坊，分层化了的社团和闭塞的共同体"，因此，关于乡村结构的认知需要重新调整，具体而言："把自然村视作只包含庶民的一个闭塞而又有内生政治结构的单位，等于要在一定程度上改变过去美国和中国学者对清代中国社会政治结

[①] 瞿同祖：《清代地方政府》，范忠信等译，法律出版社2011年版，第289—290页。

构的一般想法。我们需要考虑的，是一个牵涉国家、士绅和村庄三方面关系的三角结构，而非主要由国家和士绅间权力转移的改变所塑造的二元结构。二十世纪前的国家政权没有完全渗入自然村。它直接的权力，限于这个双层的社会政治结构的上层。在下层之中，它一般只能透过士绅间接行使权力，并靠吸引下层结构中的上移分子进入上层来控制自然村。"① 因此，现代国家要在已经溃败的政治结构之外，重新建立起新的制度架构。问题是，传统绅权打破之后，很难找到新的替代性力量。国家对乡村过度的汲取一旦损及士绅的利益，他们更多的是想方设法规避、转嫁负担。萧公权指出，他们是"造成乡村骚乱"的一个重要原因，具体来说："绅士妨碍了税收制度，特别是里甲体系的正常运行。这里所说的绅士，包括曾任过官职的退休官员、大地主和士子文人等。拥有大量土地、有义务纳税的绅士，利用他们的特权地位，常常能保护自己不受差役或税吏的侵犯；这样，官吏的敲诈勒索，就主要落到了普通百姓的头上。绅士甚至利用自己的地位，把自己应该交的份额，转嫁到普通百姓身上；或者与官吏、衙门走卒狼狈为奸，共同压迫普通百姓。"② 可见，传统士绅本来就危害甚烈，近代的大动荡加剧了他们的劣化。

发表于 1933 年的小说《有个人》，应该是赵树理揭示乡村问题的第一篇小说。作品主要内容是："有个人姓宋名秉颖；他父亲是个秀才。起先他家也还过得不错，后来秀才死了，秉颖弄得一天不如一天，最后被债主逼得没办法，只得逃走。"③ 回到具体的历史语境，则会看到和作品主人公命运密切相关的，是阎锡山在山西推行

---

① ［美］黄宗智：《华北的小农经济与社会变迁》，中华书局 2000 年版，第 229 页。
② ［美］萧公权：《中国乡村：19 世纪的帝国控制》，张皓、张升译，九州出版社 2018 年版，第 150—151 页。
③ 赵树理：《有个人》，《赵树理全集》第一卷，第 78 页。

的"村本政治"。"村本政治"发起的理由是:"村无组织,政治上如无串之钱,散漫无纪","村无编制,等于军队散乱,号令不行,难于指挥如意",其基本的思路是:"积户成闾,积闾成村,积村成区,区统于县,上下贯注,如身使臂,臂使指,一县之治,以此为基础。"① 而"村本政治"的推行,一个重要的环节是选村长、副村长,在实际操作中:"首先在财产上就明白提出限制,他规定村长必须有不动产至少一千元以上,村副也要在五百元以上(都是指银币)。没有这么多财产的人,其他条件再具备,不管人再怎样好,也没有当村长、村副的资格。"② 对于阎锡山这样的地方军阀来说,其推行"村本政治"主要是为了从乡村汲取资源,然而基层政权却更深地陷入内卷化的危机当中,即杜赞奇所说的:"国家机构不是靠提高旧有或新增机构的效益,而是靠复制或扩大旧有的国家和社会关系——如中国旧有的营利型经纪体制——来扩大其行政职能。20世纪当中国政权依赖经济制来扩大其控制力时,这不仅使旧的经纪层扩大,而且使经济制深入到社会的最底层——村庄。"③ 结果,基层政权的各个环节都上下其手、从中渔利,如当时一份调查指出的:"农民交纳税款,要经过粮头,庄头,甲长,粮赋长,村长,乡长,区长等的手,才到县政府。这些经手人自然要得些利益,由此农民身上又增加了一层负担。"④ 普通民众越发不堪其苦。

在《有个人》中,赵树理所揭示的中国乡村权力关系的细节,这在一般的历史资料中很难看到。一般认为,中国基层政治各个环节都有人从中渔利,但实际的情况是,宋秉颖担任了闾长之后,

---

① 山西省政协文史资料研究委员会编:《阎锡山统治山西史实》,山西人民出版社1981年版,第81页。
② 山西省政协文史资料研究委员会编:《阎锡山统治山西史实》,第85页。
③ [美]杜赞奇:《文化、权力与国家:1900—1942年的华北农村》,王福明译,江苏人民出版社2010年版,第54—55页。
④ 行政院农村复兴委员会编:《陕西省农村调查》,商务印书馆1934年版,第156页。

"公事越忙了,私事越顾不上忙:这年秉颖完全顾不上上地里去了,从春耕起,都是雇了人做,而自己还好像忙不过来——不是收钱就是送钱:不是区长召集训话,就是村长召集开会;而征集差骡,供应柴草等杂务,也处处离不开闾长,弄得闾长们个个马不停蹄。"① 更麻烦的是,宋秉颖虽然当了闾长,但是由于心地善良,也没有可以依仗的势力,他所负责的公款没法收齐,结果只能自己卖地垫付。这一点当时的研究者已经意识到了。费孝通指出:"衙门里差人到地方上来把命令传给乡约。乡约是个苦差,大多是由人民轮流担任的,他并没有权势,只是充当自上而下的那道轨道的终点。他接到了衙门里的公事,就得去请示自治组织里的管事,管事如果认为不能接受的话就退回去。命令是违抗了,这乡约就被差人送入衙门,打屁股,甚至押了起来。"② 可以看出,在民国时期混乱的政治环境中,政权介入乡村主要是为了汲取资源,有势力者上下其手,弱势的民众往往成了受害者;小说中写到宋秉颖为还债而卖地,结果吃了官司,到村里的息讼会,反而被讹了房产。正如费孝通指出的:"保甲制度不但在区位上破坏了原有的社区单位,使许多民生所关的事无法进行,而且在政治结构上破坏了传统的专制安全瓣,把基层的社会逼入了政治死角。"③

事实上,国家政权的介入不但造成了和乡村关系的紧张,而且,基层乡村共同体原有的政治、经济和伦理关系等都被打破,分裂和对立日益严重。《李有才板话》开头写道:"阎家山这地方有点古怪:村西头是砖楼房,中间是平房,东头的老槐树下是一排二三十孔土窑。地势看来也还平,可是从房顶上看起来,从西到东却

---

① 赵树理:《有个人》,《赵树理全集》第一卷,第82—83页。
② 费孝通:《乡土重建》,费孝通:《乡土中国》,第280页。
③ 同上书,第283页。

是一道斜坡。西头住的都是姓阎的；中间也有姓阎的也有杂姓，不过都是些在地户；只有东头特别，外来的开荒的占一半，日子过倒霉了的本村的杂姓，也差不多占一半，姓阎的只有三家，也是破了产卖了房子才搬来的。"① 由此可以看到乡土中国的权力的空间分布。因此，周扬敏锐地指出："这里，风景画是没有的。然而从西到东一道斜坡不正是农村中阶级的明显的区分吗？"② 而且，乡村中人和人的不平等渗透在各个方面，哪怕是对人的称呼。小说中李有才常说：

"老槐树底的人只有两辈——一个'老'字辈，一个'小'字辈。"这话也只是取笑：他说的"老"字辈，就是说外来的开荒的，因为这些人的名字除了闾长派差派款在条子上开一下以外，别的人很少留意，人叫起来只是把他们的姓上边加个"老"字，像"老陈、老秦、老常……"等。他说的"小"字辈，就是其余的本地人，因为这地方人起乳名，常把前边加个"小"字，像"小顺、小保……"等。可是西头那些大户人家，都用的是官名，有乳名别人也不敢叫——比方老村长阎恒元乳名叫"小囤"，别人对上人家不只不敢叫"小囤"，就是该说"谷囤"也只得说成"谷仓"，谁还好意思说出"囤"字来？一到了老槐树底，风俗大变，活八十岁也只能叫"小什么，小什么"，你就起上个官名也使不出去。③

---

① 赵树理：《李有才板话》，《赵树理全集》第二卷，第249页。
② 周扬：《论赵树理的创作》，《解放日报》1946年8月26日。
③ 赵树理：《李有才板话》，《赵树理全集》第二卷，第250页。

中共政权介入乡村之前，在阎家村（《李有才板话》）、李家庄（《李家庄的变迁》）和下河村（《邪不压正》），李有才、老槐树底下的穷人、金锁这样的外来户和其他弱者如王聚财、软英和小宝等，都处在地主和恶势力的压迫之下，这一压迫性的结构正是中国农村权力状况的写照。赵树理关于农村旧势力的书写，无疑给读者留下了深刻的印象。陈荒煤指出："赵树理同志的笔只要一触及地主阶级，就极其深刻具体地揭发他们的阴险凶毒，活灵活现地刻画出地主阶级可憎恶的典型。"[①] 这些小说揭示出了旧乡村坏分子的为所欲为、无法无天。

在《李家庄的变迁》开头，乡村教师春喜想讹掉同村铁锁的厕所，闹得不可开交，两人到龙王庙说理。按照惯例，先要请主持说理的人吃烙饼，而说理又被村长李如珍把持，其场景是：

> 吃过了饼，桌子并起来了，村长坐在正位上，调解员是福顺昌掌柜王安福，靠着村长坐下，其余的人也都依次坐下。小毛说："开腔吧，先生！你的原告，你先说。"
>
> 春喜说："好，我就先说！"说着把椅子往前一挪，两只手互相把袖口往上一摸，把脊梁挺得直蹶蹶地说道："张铁锁的南墙外有我一个破茅厕……"
>
> 铁锁插嘴道："你的？"
>
> 李汝珍喝道："干什么？一点规矩也不懂！问你时候你再说！"回头又用嘴指了指春喜："说吧！"[②]

自然，李汝珍等恶势力偏袒春喜。李汝珍呵斥张铁锁："你们

[①] 陈荒煤：《向赵树理的方向迈进》，《人民日报》1947年8月10日。
[②] 赵树理：《李家庄的变迁》，《赵树理全集》第三卷，第3页。

这些外路人实在没有规矩！来了两三辈了还是不服教化！"① 此处矛盾双方不只是地主恶霸和普通村民，还纠缠着本村人与外村人的矛盾。更为恶劣的是，铁锁要到县里告李汝珍，结果李汝珍的本家小喜——一个社会渣滓，又雇人假冒公差，把铁锁诳得倾家荡产。值得注意的是，乡村权力的主导者虽然是旧的地主恶霸，但春喜这样接受过现代教育的知识分子也同流合污，成为乡村权力的压迫结构中的一员。颜同林指出："在分散的村落里，识文断字的主要是占统治地位的地富及其子弟，这一群体无不承继父辈权势，横行乡里。在赵树理小说中他们一般读到中学阶段而且几乎以反面人物出现，如简易师范毕业的阎家祥，中学毕业的春喜、王继圣等便是。"而且，"维系并决定人与人关系的是除物质实利之外的血缘、姻亲与家族，起支配作用的是除财富、人丁等硬杠杠之外的封建文化软实力"②。

赵树理说过："我过去受过高利贷的剥削，欠地主老财的债，地主逼我还债，每天要和地主打交道，做斗争；也见过地主欺压农民，时间长了，见得多了，对地主产生了憎恨，这就形成了创作主题。"③ 在小说《刘二和与王继圣》中，刘二和等是外来户，又是普通长工，面对地主的欺压却束手无策。小说中村长王光祖的儿子王继圣和老刘的孩子刘二和发生了矛盾，刘二和挨了王光祖的打，刘家都不敢去说理。理由就是老刘说的："都是傻瓜！咱凭什么跟人家算账啦？大前年的庄稼叫牲口吃了一半，前年又遭了旱灾，光欠租就是三石多。今年春天又借人家的一石谷，到这时候连本带利又是一石五。光这四五石粮食，咱指什么给人家呀？还有咱种的那

---

① 赵树理：《李家庄的变迁》，《赵树理全集》第三卷，第 4 页。
② 颜同林：《法外权势的失落与村落秩序的重建——以赵树理四十年代小说为例》，《文学评论》2012 年第 6 期。
③ 赵树理：《生活·主题·人物·语言》，《赵树理全集》第六卷，第 129 页。

几亩山地是人家的,住这座破庙也是人家的,人家扭一扭脸,咱还怎么在这地方站呀?"① 这一压迫性的结构,不光针对外来户老刘一家,整个村庄都被地主的权势所笼罩。小说中写到村里庆祝过节唱戏,地主王光祖就要各家各户支差,其中外来户和本村人又有着差别:"老黄跟老刘一样,都是外来户。原来庙里有了神社事,要叫谁都是社首打发看庙的去——叫桌上的人物是说'请',叫村里的老百姓就说是'叫'。要说叫外来的逃荒的人,那就连'叫'也说不上,只是派个条子叫他来支差就算了。像唱戏的时候派老刘他们打杂,自然是只用通知一回,就把这三天戏唱完才能算消差,半路上再没人去叫他们,谁误了是谁的事。"② 而看戏的时候,则又是另外的情形:

> 王光祖在楼上看见马灯一晃,就知道是马先生他们来了——因为村里再没有第二盏马灯——急忙下楼来迎接。老驴(王祖光的长工)见他接着马先生往拜亭上走,天命和继圣也跟着到拜亭上去,就不去管他们,点着马灯把继圣他娘和他姨姨送上社房楼上对面的东敞棚楼上。这座楼是专叫妇女们看戏用的,前边也只有栏杆没有墙。她们两个来得迟了一点,靠栏杆的一列已经排满了板凳坐满了人,按常理她们只好坐在后边,可是她们这两个人就不能以常理论了:上年纪的老婆们见人家这些贵人们来了,不用等人家开口就先给人家躲开;年轻的媳妇们舍不得让开前边的座位,婆婆们就怪她们不懂礼体,催着她们快搬凳子;十来八岁的小孩们,就更简单——他们连凳子都没有,只是靠栏杆站着,老驴只向他们喊了一声"往

---

① 赵树理:《刘二和与王继圣》,《赵树理全集》第三卷,第189页。
② 同上书,第190页。

后",他们便跑过后边去了。逼过了大人,撑过了孩子,长工把椅子排好,打发她们两个坐下,老驴这才提着马灯领着长工们下去。椅子本来就要比板凳占的地方大许多,再加上是圆椅,逼得后面的板凳离她们至少也有五尺远。①

演戏的时候,教书的马先生点了昆曲《游湖》,打断了正在演的《天河配》,结果:"一台下看戏的,差不多都没有马先生那样风雅,都急着要看牛郎织女成亲,不愿听那呜呜哇的昆曲,就哼哼唧唧地议论起来。"② 当时的乡村,大到政治经济关系,小到点戏看戏,地主和农民的冲突异常尖锐,有的甚至到了矛盾严重激化的程度。

第二节 "大众"与基层权力的更迭

20世纪30年代,人们已经深刻认识到乡村问题的严重性。梁漱溟指出:"原来中国社会是以乡村为基础,并以乡村为主体的;所有文化,多半是从乡村而来,又为乡村而设,——法制、礼俗、工商业等莫不如是。在近百年中,帝国主义的侵略,固然直接间接都在破坏乡村,即中国人所作所为,一切维新革命民族自救,也无非是破坏乡村。所以中国近百年史,也可说是一部乡村破坏史。"③ 梁漱溟的说法不无可商榷之处,但乡村的破坏已是无可挽回之势。费孝通警告说,中国华北的"红枪会",华中的共产党运动,

---

① 赵树理:《李家庄的变迁》,《赵树理全集》第三卷,第195—196页。
② 赵树理:《刘二和与王继圣》,《赵树理全集》第三卷,第198页。
③ 梁漱溟:《乡村建设理论》,《梁漱溟全集》第二卷,山东人民出版社2005年版,第150页。

以及中共的长征,"其主要动力不是别的而是饥饿和对土地所有者及收租人的仇恨"①。在中国现代文学史上,不少作家都敏锐地意识到乡村存在的问题,并通过文学作品予以揭露,但问题却越发严重而苦无出路。当时人们普遍感到乡村的压抑状态,呼吁来一个大的变动。

中国的各种力量,国民党、共产党和乡村建设派等,都试图提出方案,希望彻底解决问题。相比较而言,作为现代的革命政党,中共的实践最为深入且具有广泛的效力。1927年,毛泽东指出:"很短的时间内,将有几万万农民从中国中部、南部和北部各省起来,其势如暴风骤雨,迅猛异常,无论什么大的力量都将压抑不住。他们将冲决一切束缚他们的罗网,朝着解放的路上迅跑。一切帝国主义、军阀、贪官污吏、土豪劣绅,都将被他们葬入坟墓。"②抗战时期,毛泽东明确提出:"中国的革命实质上是农民革命,现在的抗日,实质上是农民的抗日。新民主主义的政治,实质上就是授权给农民。新三民主义,真三民主义,实质上就是农民革命主义。大众文化,实质上就是提高农民文化。抗日战争,实质上就是农民战争。……中国有百分之八十的人口是农民,这是小学生的常识。因此农民问题,就成了中国革命的基本问题,农民的力量,是中国革命的主要力量。"③ 在中国现代史上,唯有中共把农民问题提到政治的高度。不过,秉持怎样的政治理念固然重要,更关键的是,如何在实践中落实,具体而言,仍要处理政治和治理的关系。

事实上,中共在治理环节也遇到了难题。延安时期,陕甘宁边区政府试图建立起通畅、高效的行政系统,但某些基层干部的作风

---

① 费孝通:《江村经济》,第212页。
② 毛泽东:《湖南农民运动考察报告》,《毛泽东选集》第一卷,人民出版社1991年版,第13页。
③ 毛泽东:《新民主主义论》,《毛泽东选集》第二卷,第692页。

却极其恶劣。边区政府副主席高自立尖锐地批评道:"据我们考察所得的材料,这一部分新的贪污劣绅并不比旧的好些。旧贪官污吏和劣绅的一切坏处,他们都学习了。……他们武断乡曲,欺压善良,鱼肉人民。政府一切法令,凡是可以用来自私的,完全被他们利用了。凡是于他们不利的,完全被隐藏起来,不让人民知道,免得轮到自己头上来。"① 1941年,中共晋绥分局机关报《抗战日报》指出交城村选中的问题:"这三个村子的政权一般说都在坏份子手里把持着,双家寨的村长是个贪污枉法欺压民众的家伙,十四个闾长中有多个是他的羽翼;××的村闾长书记大多数是士绅,都不能代表群众利益;××村的村政权的后台是该村中的一些恶势力,他们用各种关系操纵着村政权,这些当政和不当政的恶势力都有一些羽翼,一方面他们非常顽固地阻挠着村选的进行,一方面拼命参加竞选活动。"② 不难看出,在中共的根据地试图通过村选来推动乡村民主,却反而被地主和坏分子所利用。在这一背景中,就可以理解赵树理小说中乡村变革的曲折性。

1946年前后,随着国共关系的破裂,中共在解放区农村加紧推进土地革命。在刘少奇起草的"五四指示"中,明确提出:"如果我们能够在一万万数千万人口的解放区解决了土地问题,就会大大巩固解放区,并大大推动全国人民走向国家民主化。"③ 具体到土地革命的实践层面,一方面,动员农民加入革命战争,打倒国民党的腐朽统治;另一方面,打倒村庄内部的封建压迫和剥削,瓦解地主阶级主导的乡村秩序。这一过程中,丁玲的《太阳照在桑干河上》和周立波的《暴风骤雨》等土改小说,具有开创性的典范意义,钱

---

① 高自立:《铲除新官僚和新劣绅的专横》,《新中华报》1940年8月23日。
② 于之:《村选质疑》,《抗战日报》1941年9月30日。
③ 刘少奇:《关于土地问题的指示》,《刘少奇选集》上卷,人民出版社1981年版,第382页。

理群称之为新小说的"诞生":

> 作为"新小说"也即社会主义现实主义文学的新模式,其对作家的绝对要求,必然是不仅是要用党的意识形态来观察、分析一切,而且要把党的意识形态化为自己的艺术思维,成为文学创作的有机组成……党的阶级斗争的观念、方法、精神,对于作家的创作的意义,不仅在于决定了作家对生活的选择、作品的题材,更重要的是,决定了作家对生活的把握方式与表现方式。也就是说,在这样的作品里,阶级斗争的逻辑,不仅是作家的政治逻辑、生活逻辑,更是艺术想象的逻辑……小说的结构,也是模式化的:都是以土改工作队的进(村)和出(村)为开端与结束,从而形成了一个封闭性的结构,从外在情节上说,这自然是反映了土改的全过程;从内在的意念看,则是表现了一个带有必然性的历史命题(腐朽的封建制度与阶级统治必然被共产党领导的农民的阶级斗争所推翻)的完成,同时又蕴含着或者说许诺着一个乌托邦式的预言:取而代之的将是一个人民当家做主的新社会与新时代。这样,整个小说在几乎是模拟现实的写实性的背后,却又显示出演绎"历史必然规律"的抽象性,进而成为一种象征性结构。这类小说模式结构上的另一显著特征是,无一不是以斗争会作为顶点,小说一切描写、铺垫,都是为了推向这最后的高潮。[①]

如果深入作品的内在肌理,则会看到其更为深刻的历史/理论意义。唐小兵分析《暴风骤雨》时指出:"马车拉来的是县里派来的土改工作队。'工作队的到来,确实是元茂屯翻天覆地的事情的

[①] 钱理群:《1948:天地玄黄》,中华书局2008年版,第167—168页。

开始.'全书明白无误地把'到来'这一刻表现成了历史的真正开端,突然间过去的一切完全成了痛苦的记忆,历史不再有任何连续性,成了猝然的断裂。我们刚刚目睹的'自然景色'('空白地带')便也被摔进了'历史'的漩涡——作品表现历史新'起始'的同时,也抹杀了历史,虚构出一个再生的神话。"① 唐小兵敏锐地指出了这一叙事"虚构出一个再生的神话"的典型形式。这一形式的确立不仅重新规划并构建了中国革命的起点,而且开启了此后革命文学的叙事成规。毫无疑问,新的叙事模式背后有着强大革命意识形态的驱动。李杨指出:"《暴风骤雨》展示的就是这样一个完整的话语组织过程。代表'历史'的工作队把一套革命性的社会理论带到一个处于自然状态的封建村庄中来,通过开斗争会的形式,重组话语程序,使愚昧落后的农民逐渐掌握这一新的话语并以此认识生活,于是,土改成功了。"② 因而,在通常的革命小说中,大都以阶级斗争的视角,完整、立体地呈现出乡村内部的权力关系,主要通过革命干部进入村庄,开展群众动员,进而改变乡村不平等的政治秩序。虽然,这一过程中革命动员也会遭到各种挫折,如《暴风骤雨》中,第一次批斗韩老六失败了,萧队长劝刘胜道:"做群众工作,跟做旁的革命工作一样,要能坚持,要善于等待。群众并不是黄蒿,划一根火柴,就能点起漫天的大火,没有这种容易的事情,至少在现在。我们来了几天呢?通共才四天四宿,而农民却被地主阶级剥削和欺骗了好几千年,几千年呀,同志!"③ 但无论如何,政党政治的视野和党员干部主导着乡村变革的走向。

赵树理的《小二黑结婚》和《李有才板话》等小说,和"土

---

① 唐小兵:《暴力的辩证法》,唐小兵编:《再解读:大众文艺与意识形态》,第120页。
② 李杨:《抗争宿命之路——"社会主义现实主义"(1942—1976)研究》,时代文艺出版社1993年版,第101页。
③ 周立波:《暴风骤雨》,人民文学出版社1956年版,第69—70页。

改小说"的叙事模式有着显著的差别。这些小说中乡村变革的重要动力并非完全由政党政治所主导,读者更多感知到的是来自对内部压迫的反抗,按照贺桂梅的说法,"赵树理将农民的革命思想表现为乡村内部的引爆"[①]。需要进一步补充的是,赵树理揭示出了乡村对外来政权是不透明的,家族势力的介入使得问题越发复杂。早在1928年,毛泽东就指出,边界的"社会组织是普遍地以一姓为单位的家族组织。党在村落中的组织,因居住关系,许多是一姓的党员为一个支部,支部会议简直就是家族会议。这种情形下,'斗争的布尔什维克党'的建设,真是难得很"[②]。赵树理的小说呈现出了乡村权力的复杂结构及其运行过程。《小二黑结婚》中写到金旺兄弟:

> 抗战初年,汉奸敌探溃兵土匪到处横行,那时金旺他爹已经死了,金旺兴旺弟兄两个,给一支溃兵做了内线工作,引路绑票,讲价赎人,又做巫婆又做鬼,两头出面装好人,后来八路军来,打垮溃兵土匪,他两人才又回到刘家峧。
>
> 山里人本来就胆子小,经过几个月大混乱,死了许多人,弄得大家更不敢出头了。别的大村子都成立了村公所、各救会、武委会,刘家峧却除了县府派来一个村长以外,谁也不愿意当干部。不久,县里派人来刘家峧工作,要选举村干部,金旺跟兴旺两个人看出这又是掌权的机会,大家也巴不得有人愿干,就把兴旺选为武委会主任,把金旺选为村政委员,连金旺老婆也被选为妇救会主席,其他各干部,硬捏了几个老头子出

[①] 贺桂梅:《再思赵树理文学的现代性问题》,贺桂梅:《赵树理文学与乡土中国现代性》,第116页。

[②] 毛泽东:《井冈山的斗争》,《毛泽东选集》第一卷,第74页。

来充数。只有青抗先队长，老头子充不得。兴旺看见小二黑这个小孩子漂亮好玩，随便提了一下名就通过了，他爹二诸葛虽然不愿，可是惹不起金旺，也没有敢说什么。

村长是外来的，对村里情形不十分了解，从此金旺兴旺比以前更厉害了，只要瞒住村长一个人，村里人不论哪个都得由他两个调遣。这几年来，村里别的干部虽然调换了几个，而他两个却好像铁桶江山。大家对他两个虽是恨之入骨，可是谁也不敢说半句话，都恐怕扳不倒他们，自己吃亏。①

可见，即便到了抗战时期，中共政权仍无法清晰辨识出乡村中各种力量的复杂构成。更有意味的是，《李有才板话》中"丈地"一节，阎恒元给家祥等人出主意：

"我看代表还是要，不过可以由村长指派，派那些最穷、最爱打小算盘的人，像老槐树底下老秦那些人。"家祥说："这我就不懂了；越是穷人，却出不起负担，越要细丈量别人的地……"恒元道："你们年轻人自然想不通：咱们丈地的时候，先尽那最零碎的地方丈起，——比方咱'椒洼'地，一亩就有七八块，算的时候你执算盘，慢慢细算。这么着丈量，一个椒洼不上十五亩地就得丈两天。他们那些爱打小算盘的穷户，那里误得起闲工？跟着咱们丈过两三天，自然就都走开了。等把他们熬败了，咱们一方面说他们不积极不热心，一方面还不是咱自己丈吗？只要做个样子，说多少是多少，谁知道？"②

---

① 赵树理：《小二黑结婚》，《赵树理全集》第二卷，第217—218页。
② 赵树理：《李有才板话》，《赵树理全集》第二卷，第267页。

丈地是为了分摊抗战的负担，但乡村地主仍试图转嫁给其他群众，这很容易让人想到斯科特"弱者的反抗"的说法："这里我所能想到的无权群体的日常武器包括：行动拖沓，假装糊涂，虚假顺从，小偷小摸，装傻卖呆，诽谤，纵火，破坏等等。这些布莱希特式的阶级斗争具有共同特点，它们几乎不需要协调或计划，它们通常表现为一种个体的自主形式，避免直接地、象征性地与官方或精英制定的规范相对抗。"① 问题的复杂性在于，对立的双方固然是国家和乡村，但地主和恶势力往往把负担转嫁给弱者。

此处尤其需要讨论赵树理小说冲突的展开方式。在《小二黑结婚》中，小说的焦点并非小二黑和小芹的婚恋问题，而是乡村内部的政治冲突。小说写道：

> 小芹把她娘怎样主婚怎样装神，唱些什么，从头至尾细细向小二黑说了一遍，小二黑说："不用理她！我打听过区上的同志，人家说只要男女本人愿意，就能到区上登记，别人谁也做不了主……"说到这里，听见外边有脚步声，小二黑伸出头来一看，黑影里站着四五个人，有一个说："拿双拿双！"他两人都听出是金旺的声音，小二黑起了火，大叫道："拿？没有犯了法！"兴旺也来了，下命令道："捉住捉住！我就看你犯法不犯法？给你操了好几天心了！"小二黑说："你说去哪里咱就去哪里，到边区政府你也不能把谁怎么样！走！"兴旺说："走？便宜了你！把他捆起来！"小二黑挣扎了一会，无奈没有他们人多，终于被他们七手八脚打了一顿捆起来了。兴旺说："里边还有个女的，也捆起来！捉奸要双，这是她自己说的！"

---

① [美]詹姆斯·C. 斯科特，《弱者的武器》，郑广怀、张敏、何江穗译，译林出版社2007年版，第35页。

说着就把小芹也捆起来了。①

程凯敏锐地指出:"读过小说的人都会感到整部作品的'重心'并非小芹与小二黑的恋爱故事,这两个主角和他们的关系在作品中是以'事'的方式展现,并未进入'情'的层面。所以,小芹和小二黑的恋爱在小说中起的是一个'焦点'的作用,是从阻挠其自由恋爱的角度呈现、揭示这个村落中存在的种种支配性势力。"② 革命进入乡村后,权力的主导者并非党员干部等典型人物,而是主要以群像的形式展开。小说写道:

> 三个民兵回到刘家峧,一说区上把兴旺金旺两人押起来,又派助理员来调查他们的罪恶,真是人人拍手称快。午饭后,庙里开一个群众大会,村长报告了开会宗旨就请大家举他两个人的作恶事实。起先大家还怕扳不倒人家,人家再返回来报仇,老大一会没有人说话,有几个胆子太小的人,还悄悄劝大家说:"忍事者安然。"有个被他两人作践垮了的年轻人说:"我从前没有忍过?越忍越不得安然!你们不说我说!"他先从金旺领着土匪到他家绑票说起,一连说了四五款,才说道:"我歇歇再说,先让别人也说几款!"他一说开了头,许多受过害的人也都抢着说起来:有给他们花过钱的,有被他们逼着上过吊的,也有产业被他们霸了的,老婆被他们奸淫过的。他两人还派上民兵给他们自己割柴,拨上民夫给他们自己锄地;浮收粮,私派款,强迫民兵捆人……你一宗他一宗,从晌午说到

---

① 赵树理:《小二黑结婚》,《赵树理全集》第二卷,第 224 页。
② 程凯:《乡村变革的文化权力根基》,《文艺研究》2015 年第 3 期。

太阳落，一共说了五六十款。①

这一群像式的说法是意味深长的。在这里，斗争的主要形式并非以"典型人物"（党员干部或先进群众）为中心，而是多种力量介入的结果。贺桂梅指出："小说所叙述的结构性力量的对抗和错动，正可以成为农民阶级/阶层属性的一种空间性呈现。救赎性力量，即共产党基层组织和法令，被表现为乡村自发的心声力量（小二黑和小芹）的援助者，使其壮大并成为结构关系中的支配力量。"② 这里牵涉到一个重要问题，即革命中农民的参与问题，迈克尔·曼对此有一个深刻的分析："1937年，在华北大部分地区，国民党部队在日军的入侵下节节败退。共产党进入了日本交通线之间的多山的交界地带，在可防御的地区建立小型根据地。在凯瑟琳·哈特福德研究的一个案例中，共产党建立了累进税制、参与式的村级政府，以及民防团。共产党面临日本人和地主武装的反复进攻。然而，只要共产党引导召开农民可以畅所欲言的村民会议，那么攻击地主就会容易多了。随着这一根据地的逐渐巩固，降低地租和减税就会使共产党获得更多穷人的支持。"③ 只是，在中共革命中，以党员干部为代表的精英和被动员的群众一直处于某种紧张关系当中，落实在文学层面，群众的形象似乎很难捕捉、把握，以致呈现给读者的往往是比较模糊的场面。但在赵树理的小说中，群众具有了较为清晰的形象，而且成为乡村权力变革的重要推动力量。

在乡村革命中，对于群众自身力量的强调和凸显，是赵树理小

---

① 赵树理：《小二黑结婚》，《赵树理全集》第二卷，第232—234页。
② 贺桂梅：《再思赵树理文学的现代性问题》，贺桂梅：《赵树理文学与乡土中国现代性》，第112页。
③ ［美］迈克尔·曼：《社会权力的来源（第三卷）——全球诸帝国与革命（1890—1945）》下，郭台辉、茅根红、余宜斌译，上海人民出版社2015年版，第542—543页。

说和"土改小说"的显著区别。稍微翻检早期关于赵树理的评论文章，就会看到《李有才板话》是最引人瞩目的一部。李大章、冯牧、郭沫若和茅盾等人，专门就作品发表了看法。冯牧谈道："在《李有才板话》中，两种不同的工作方法的尖锐的对比——一种是专尚空谈，只走上层路线的形式主义、官僚主义作风，以章工作员为代表；一种是深入群众、放手发动群众，事事为群众着想的作风，以农会主席老杨为代表——形成了其中的另一重要主题。"[①] 显然，作为中共阵营中的人物，李大章和冯牧解读作品主要着眼于革命中干部队伍出现的问题，以及这些实际问题的解决，在某种意义上，这恰好符合作家"问题小说"的本意——多年后，赵树理特别谈道："我写《李有才板话》时，那时我们的工作有些地方不深入，特别对于狡猾地主还发现不够，章工作员式的人多，老杨式的人少，应该提倡老杨式的做法，于是，我就写了这篇小说。这篇小说里有敌我矛盾，也有人民内部矛盾。"[②] 不过，就小说形式而言，我们很难说老杨同志或者李有才是中心人物。赵树理在介绍《邪不压正》时说过："这个故事是套进去的，但并不是一种穿插，而是把它当作一条绳子来用——把我要说明的事情都挂在它身上，可又不把它当成主要部分。我在写《李有才板话》的时候，曾以这样的态度来用李有才，这次又用了一下软英和小宝。这种办法，我没有多见别人用过，我也不敢自以为是一种什么手法，只是为了方便起见，偷偷用一下算了，以后也没有准备再用。"[③]

在《李有才板话》中，党的代表老杨同志出场之前，阎家山内部矛盾已经非常尖锐，李有才不是中心人物；但是，即便老杨同志

[①] 冯牧：《人民文艺的杰出成果——推荐〈李有才板话〉》，《解放日报》1946年6月23日。

[②] 赵树理：《当前创作中的几个问题》，《赵树理全集》第五卷，第303页。

[③] 赵树理：《关于〈邪不压正〉》，《赵树理全集》第三卷，第371—372页。

出场，也没有完全把控阎家山的权力运行和走向。直到老杨同志、李有才和他周围的年轻人密切配合，才打破了阎家山原来的权力格局。在这一意义上，李有才并非赵树理所说的穿针引线的叙事线索，而是代表了乡村内部的革命力量。李有才和外来政党并非教育与被教育的关系，按照李国华的说法："李有才既是阎家山农民心声的代言人和引导者，也是革命政权建立乡村秩序的最有效的合作者。"① 程凯指出：

> 小说的设定是，在老杨来到村里之前，小字辈不仅有了自发的反抗意识，而且有了对村子格局的清醒认识，还具备了对新政权相关政策的初步掌握，甚至也有了一定的组织和中心力量。只是，这些力量尚未进入一种自觉调动、组织的阶段，且由于旧势力政权在手，他们很容易被打击和瓦解。老杨起的作用就是让他们意识到可以通过改组农救会将既有势力组织成正式的、有政权支持的组织。同时，他作为上级政权代表帮助——去除旧式村政权的障碍。一旦新农救会建立，接下来的斗地主、改选等就是水到渠成了。②

由此或许可以回答洲之内彻的问题。洲之内彻批评赵树理小说，"他的目的不是在于深入挖掘、描写人物。对于他来说，重要的是故事——把各种人物放进来，用他们所属的各种阶级必然的历史命运，交织成变革时期的社会缩影；人物，除作为事件发展的要素外，不具有更多的意义。"③ 洲之内彻显然没有意识到，赵树理小

---

① 李国华：《农民说理的世界：赵树理小说的形式与政治》，第141页。
② 程凯：《乡村变革的文化权力根基》，《文艺研究》2015年第3期。
③ ［日］洲之内彻：《赵树理文学的特色》，王保祥译，黄修己编：《赵树理研究资料》，第402—403页。

说中人物塑造的焦点并非个人或典型人物，而是一个群体及其展现出来的结构性力量。罗岗指出，赵树理小说的特质在于，故事情节的推进、自然环境的描写不都是围绕主要人物展开，小说结构并非以创造典型人物为中心，而是与此有着重要的差别，具体说，即："至于'人'，根本就不存在所谓抽象的'人性'和'主体'，只有回到'事情'及其遭遇'问题'的过程中，'人'的改变才变得合'情'合'理'。"[1]"事情"在这里有两重意义：其一，在形式意义上，它构成了叙事的中心，人物往往随着事物的起源、发展、高潮等，而不断随之流变；其二，就内容而言，"事情"既广泛而深刻地构成了"问题小说"的重要面向，同时，它又并未与当时中共的社会革命、土地改革等完全同步。这使得赵树理小说通过"事情"呈现出的问题，格外饱满而富有张力。不难看出，赵树理"问题小说"的出发点并非个人解放，他所关照的是乡村弱势群体的状况和命运，其指向的是乡村社会的结构性变迁。而且，赵树理小说中人物在历史变动中不都是无动于衷的，小说所营造的世界既有经验成分，也有作家对于乡村变革的理解、看法甚至想象。

可以肯定，赵树理的小说不是巴赫金所谓的"田园诗的时空体"的写法，与唐小兵所提出的"虚构一个再生的神话"的写法也有着根本性的区别。在经典的革命小说中，叙述不仅受到历史的、现实的以及个人经验等的影响，而且，也受制于革命理念、历史远景及想象等多重因素的制约。赵树理的小说恰恰是在被抹杀的历史与现实之间展开了深入的对话。

---

[1] 罗岗：《回到"事情"本身：重读〈邪不压正〉》，《文艺争鸣》2015年第1期。

第三节　破除"老规矩"：生活世界的革命

前文已经指出，赵树理通过《小二黑结婚》《李有才板话》《李家庄变迁》和《邪不压正》等作品，深刻触及乡村权力的黑暗面，并揭示出中共政权改变乡村权力的曲折过程。但不能忽视的是，赵树理的小说还触及了中国乡村的家庭问题、妇女问题、婚姻问题等，笔者称之为"生活世界的问题"，其笔触之细腻、幽微，在解放区作家当中是极其罕见的。

在《邪不压正》开头，关于人物出场写道：

> 聚财又睡了一小会，又听见他老婆在院里说："安发！你早早就过来了？他妗母也来了？——金生！快接住你妗母的篮子！——安发！姐姐又不是旁人！你也是栖栖惶惶的，贵巴巴买那些做甚？——狗狗！来，大姑看你吃胖了没有？这两天怎么不来大姑家里吃枣？——你姐夫身上有点不得劲，这时候了还没有起来！金生媳妇！且领你妗母到东屋里坐吧！——金生爹！快起来吧！客人都来了！"①

可以看出，在短短的一段描述中，把对不同亲戚的寒暄、问候、客气等都表现了出来；叙事上跳跃转化，感叹号在人物对话中大量应用，令人清晰地感受到人物对话中的语气、节奏，甚至紧张或欢快的气氛。这正是在一个充斥着嘈杂声音的世界中辨识出来

---

① 赵树理：《邪不压正》，《赵树理全集》第三卷，第281页。

的。在赵树理几乎所有的小说中，都能感受到这种声音的存在：有的来自小说中的人，有的则明显是作者在说话。据赵树理介绍，《邪不压正》是"想写出当时当地土改全部过程中的各种经验教训，使土改中的干部和群众读了知所趋避"①。但《邪不压正》和《李有才板话》不同：如果说《李有才板话》一直保持着某种斗争的紧张感，那么，《邪不压正》的情节却一直处于某种凝滞的状态。小说中革命之前的下河村，地主刘锡元强逼中农安发的女儿软英嫁给自己儿子，人人都束手无策。在说亲当天，软英和自己暗恋的小宝见面：

> 软英说："今天快完了，不能算一天。八月是小建，再除一天……"小宝说："不论几天吧，你说怎么样？"软英说："我说怎么样！你说怎么样？"小宝没法答应。两个人脸对脸看了一大会，谁也不说什么。忽然软英跟唱歌一样低低唱道："宝哥呀！还有二十七天呀！"唱着唱着，眼泪骨碌碌就流下来了！小宝一直劝，软英只是哭。就在这时候，金生在外边喊叫"小宝！小宝！"小宝这时才觉着自己脸上也有热热的两道泪，赶紧擦，赶紧擦，可是越擦越流，擦了很大一会，也不知擦干了没有，因为外边叫得紧，也只得往外跑。②

正如倪文尖所言："这个情境很像中国乡村的旧戏中的场景，也是小说中最抒情、最伤感的段落。"③ 和以往革命小说中年轻人奋起反抗不同，此处揭示出了被压迫者的悲情与无奈，而丰盈的细

---

① 赵树理：《关于〈邪不压正〉》，《赵树理全集》第三卷，第370页。
② 赵树理：《邪不压正》，《赵树理全集》第三卷，第289—290页。
③ 倪文尖：《如何着手研读赵树理——以〈邪不压正〉为例》，《文学评论》2009年第5期。

节、细腻的感情越发让人为之伤感。类似的充满生活实感的例子，在赵树理小说中并非点缀，而是有着生活经验的支撑。小说《小二黑结婚》中写到三仙姑，"前后共生过六个孩子，就有五个没有成人，只落了一个女儿，名叫小芹。小芹当两三岁时，就非常伶俐乖巧，三仙姑的老相好们，这个抱过来说是'我的'，那个抱起来说是'我的'"[①]，作者对三仙姑在戏谑中略带嘲讽，但她周围的世界并非道德或规矩森然分明，而是充满了调笑、戏谑的味道，造成了喜剧性的效果；同时，也看到了日常生活和政治世界很难截然分开，乡村世界充满了暧昧、含混和嘈杂，其背后蕴含着作者对不同人物和事件的态度。

　　这里有必要提及的是《小二黑结婚》，小说为读者提供了生活世界与政治世界遭遇的时刻。《小二黑结婚》有多个中心线索：既有小二黑结婚这一事件，也包括小二黑等对坏人的反抗和区政府对坏分子的惩罚，农村乡亲邻里间的纠葛矛盾也多有提及，这一散点式的写法使得作品呈现出一派混沌、难以分辨的世界。虽然《小二黑结婚》叙事的中心点难以确定，但是，小说迥异于中国传统的世情小说之处，就是叙事中政府的介入。单从兴旺金旺对小二黑和小芹的"拿双"这一事件来看，传统或通俗小说只能通过劝导与惩戒、破坏与回复等叙事手法处理，而小二黑和小芹的遭遇即便以传统的方式解决，如遭到欺凌起而反抗等，其可能性仍值得怀疑。可以说，革命政治的介入为中国农村内在问题的解决提供了新的出路，这一出路不仅仅是对伦理关系的修复，或某些矛盾的暂时解决，区长不是传统社会青天大老爷的替代，也不以对坏人的惩戒为故事的终结，赵树理的小说为我们提供了中国农村接纳革命的历史时刻及其意义，正是这一历史实践的介入，促使中国乡村世界革命

[①] 赵树理：《小二黑结婚》，《赵树理全集》第二卷，第214页。

意义的生成。

赵树理的深刻之处在于，他敏锐地提示出了一个更为重要的问题：小二黑和小芹被"拿双"送到区上，在区上矛盾的中心并非惩处金旺兴旺的恶霸行为，而是区长、二诸葛和三仙姑就小二黑和小芹的婚姻问题展开的精彩对话场面。这几乎是隐喻式地展现出革命政治遭遇中国农村问题的经典场面：

> 二诸葛到了区上，看见小二黑跟小芹坐在一条板凳上，他就指着小二黑骂道："闯祸东西！放了你你还不快回去？你把老子吓死了！不要脸！"区长道："干什么？区公所是骂人的地方？"二诸葛不说话了。区长问："你就是刘修德？"二诸葛答："是！"问："你给刘二黑收了个童养媳？"答："是！"问："今年几岁了？"答："属猴的，十二岁了。"区长说："女不过十五岁不能订婚，把人家退回娘家去，刘二黑已经跟于小芹订婚了！"二诸葛说："她只有个爹，也不知逃难逃到那里去了，退也没处退。女不过十五不能订婚，那不过是官家规定，其实乡间七八岁订婚的多着哩。请区长恩典恩典就过去了……"区长说："凡是不合法的订婚，只要有一方面不愿意都得退！"二诸葛说："我这是两家情愿！"区长问小二黑道："刘二黑！你愿意不愿意？"小二黑说："不愿意！"二诸葛的脾气又上来了，瞪了小二黑一眼道："由你啦？"区长道："给他订婚不由他，难道由你啦？老汉！如今是婚姻自主，由不得你了！你家养的那个小姑娘，要真是没有娘家，就算成你的闺女好了。"二诸葛道："那也可以，不过还得请区长恩典恩典，不能叫他跟于福这闺女订婚！"区长说："这你就管不着了！"二诸葛发急道："千万请区长恩典恩典，命相不对，这是一辈子的事！"又向小二黑道："二黑！你不要糊涂了！这是你一辈子的事！"

区长道:"老汉！你不要糊涂了；强逼着你十九岁的孩子娶上个十二岁的小姑娘,恐怕要生一辈子气！我不过是劝一劝你,其实只要人家两个人愿意,你愿意不愿意都不相干。回去吧！童养媳没处退就算成你的闺女！"二诸葛还要请区长"恩典恩典",一个交通员把他推出来了。①

对小二黑和小芹恋爱关系的确定,区长并不完全依据"官家规定",而是"法""理"并重,"给他订婚不由他,难道由你啦？老汉！如今是婚姻自主,由不得你了！""老汉！你不要糊涂了；强逼着你十九岁的孩子娶上个十二岁的小姑娘,恐怕要生一辈子气！我不过是劝一劝你,其实只要人家两个人愿意,你愿不愿意都不相干。"这样,二诸葛"命相不对"等说法,也就完全归于无用。在这一片段中,还值得一谈的是人物的称呼。在赵树理笔下,人物的"外号",如二诸葛、三仙姑甚至小二黑这样的称呼,本身就富含中国农村长期积累而成的对人的评价、判断、辨识等,其特别的含义是地方性的,其中也隐含着对人物关系的指涉。在区长那里,二诸葛是刘修德、小二黑是刘二黑、小芹是于小芹,其改变的正是对他们先前社会关系中称谓及其背后的含义,或者说不需要按照原来的方式予以辨识,称呼变动意味着人际关系的重新界定和确立。当然,区长在这里并没有全然撕裂革命政权与乡村生活世界的联系,如"强逼着你十九岁的孩子娶上个十二岁的小姑娘,恐怕要生一辈子气"！这样的劝说就是可以为乡村世界所接受、认可的。倪文尖谈道:"赵树理的作品又隐约让我们感觉到其乡土社会的理解和

---

① 赵树理:《小二黑结婚》,《赵树理全集》第二卷,第229—230页。

逻辑，同'阶级'话语之间又不完全重合。"① 在《小二黑结婚》中，以这种方式消解其中隐含的对立，即以革命的话语抹杀或说压抑了中国农村独特语境中形成的文化的含义，小二黑和小芹的婚姻得以成就，在这里演出了一幕喜剧。

《小二黑结婚》结尾写道：

> 夫妻们在自己的卧房里有时候免不了说玩话：小二黑好学三仙姑下神时候唱"前世姻缘由天定"，小芹好学二诸葛说"区长恩典，命相不对"。淘气的孩子们去听窗，学会了这两句话，就给两位神仙加了新外号：三仙姑叫"前世姻缘"，二诸葛叫"命相不对"②。

蔡翔指出："我以为，《小二黑结婚》的真正意义却在于它的'大团圆'结局，或者说，在于小说中'区长'的出场。当然，这一人物是政治化的，也是符号化的，这毫无问题。可是，如果离开这一政治化或符号化的人物，不仅'大团圆'的结局不可能，小说也最多不过是现代通俗文学的乡村版，尽管它的意义仍然重大。但是，'区长'的出现却整个地改写了这一通俗的爱情故事，而将其纳入了中国革命的政治谱系之中。在此，革命不仅是政治的、经济的、军事的，同时，也是情感的，而且直接进入私人生活的情感领域。革命不仅支持着贫苦农民的政治和经济上的'翻身'，同时还坚决地解放了贫苦农民的爱情。"③ 不难看出，此时赵树理小说中，生活世界既有相对自足的一面，又和政治世界有相互交融的一面。

---

① 倪文尖：《如何着手研读赵树理——以〈邪不压正〉为例》，《文学评论》2009年第5期。
② 赵树理：《小二黑结婚》，《赵树理全集》第二卷，第235页。
③ 蔡翔：《革命/叙述：中国社会主义文学—文化想象（1949—1966）》，第148页。

这里值得一提的是赵树理与中国民间"小戏"的渊源。赵树理很看重民间的小戏。1954年，他提出："在旧戏的好多剧种中，我自己的分类办法是分为大戏、小戏两类，大戏属于古典的，小戏属于民间的。"① 这类民间小戏在中国民间有着源远流长的传统、丰富多样的剧种，并具备独具特色的民间气息和风格。据钟敬文的说法，小戏的思想内容主要为：（1）反映平凡而有趣的日常生活趣事；（2）歌颂自由爱情，反抗封建礼教；（3）反映阶级对抗，鞭笞压迫者、剥削者。小戏的艺术风格则是：（1）善于用各种喜剧形式表现生活（小戏喜剧分为四类：抒情喜剧；谐趣喜剧；讽喻喜剧；讽刺喜剧）；（2）常从生活的横剖面或单侧面入笔，反映整个社会现象；（3）人物性格各具典型性，有些心理描写细致入微；（4）使用乡音土语，淳朴亲切。② 关于小戏与乡村的关系以及对赵树理小说创作的影响，孙晓忠是比较早的发现者，他的讨论更侧重于形式层面③。笔者将着重讨论民间传统及其文艺对赵树理写作笔调和情感取向的影响，即对事物的谐趣、讽喻、讽刺等民间的基调和态度，其中不无沿袭的成分。

在《小二黑结婚》中，虽然赵树理将这一日常生活的和谐场景作为叙事的终点：一方面，这样场景提供的是和政治世界相参差的生活世界面相，透露出生活的丰富性；但另一方面，赵树理是异常清醒的，一旦生活世界出现某些难以克服的问题，政治就不得不介入。罗岗指出："那些看似家长里短、婆婆妈妈的事情，在他的笔下都可能蕴含着深刻的'大道理'。赵树理可以透过'小事情'来写'大道理'，这是他的本事。'大道理'变成了'小事情'，但只

---

① 赵树理：《我对戏曲艺术改革的看法》，《赵树理全集》第四卷，第159页。
② 有关民间小戏更为全面精彩的论述，参见钟敬文主编《民间文学概论》，上海文艺出版社1980年版，第382—398页。
③ 孙晓忠：《有声的乡村——论赵树理的乡村文化实践》，《文学评论》2011年第6期。

要仔细去体会'小事情'的写法，就会发现赵树理原来是在讲一个'大道理'。"① 这个大道理要想获得合法地位，让群众完全接受，就要落实在小事当中。

1950年，赵树理主编的《说说唱唱》由于发表了小说《金锁》，遭到了批评，赵树理辩护道：

> 我所以选登这篇作品，也正因为这些写农村的人，主观上热爱劳动人民，有时候就把农民一切都理想化了，有时与事实不符，所以才选一篇比较现实的作品来做个参照。事实上破了产的农民，于扫地出门之后，其谋生之道普遍有五种："赚"、"乞"、"偷"、"抢"、"诈"，金锁不过是开始选了个"乞"，然后转到"赚"。"有骨头"这话是多少有点社会地位的人才讲得起的，凡是靠磕头叫大爷吃饭的人都讲不起，但不能就说他们都不是劳动人民。他们对付压迫者的办法差不多只有四种："求饶"、"躲避"、"忍受"、"拼命"，有时选用，有时连用，金锁也不例外。②

随后，赵树理着重谈了自己创作类似题材作品的现实针对性："我所担心的问题是做农村工作的人怎样对待破产后流入下流社会那一层人的问题。这一层人在有些经过土改的村子还是被歧视的，例如遇了红白大事，村里人都还以跟他们坐在一起吃饭为羞。我写《福贵》那时候，就是专为解决这个问题。"③ 有意味的是，在中共的文艺批评当中，对《福贵》是另外一种解读。1948年，默涵在

---

① 罗岗：《回到"事情"本身：重读〈邪不压正〉》，《文艺争鸣》2015年第1期。
② 赵树理：《〈金锁〉发表前后》，《赵树理全集》第三卷，第434页。
③ 赵树理：《对〈金锁〉问题的再检讨》，《赵树理全集》第四卷，第33页。

文章中将福贵和阿Q作了比较，他指出："阿Q和福贵，都是在封建势力的鞭挞下，带着满身血斑的人。从他们身上，正反映了封建地主在黑暗农村中是怎样专横跋扈，和怎样像蚂蟥似的吸尽了农民的血汗。他们的遭遇是很相似的：阿Q为了曾自认是赵太爷的本家，被赵太爷打了一个嘴巴——'你怎么会姓赵？——你哪里配姓赵！'福贵不幸地也姓了王，和地主老爷王老万是本家，竟险些遭了活埋，因为福贵在外边做了吹鼓手，败坏了王家的门第——'咱们王家户下的人哪还有脸见人呀！……'"默涵接着说："三十年后，到了福贵的时候，就完全不同了，这时，中国人民长期被奴役的历史，已达到一个转折点，封建势力以及它所依附的帝国主义势力，已经根基动摇，而且快要彻底颠覆了。……这几万万农民之一的福贵，自然不是阿Q了，他已经知道革命是什么，已经不是宿命地以为'人生天地间，大约本来有时未免要杀头的'，而是明确地认识这旧社会的'忘八制度'，不应该再存在下去，他要争回他的人的地位，要王老万说说他究竟是忘八，还是人。"[①] 无疑，默涵的解读带着深刻的阶级解放的视角，其着眼点是福贵在封建宗法结构中争回了人的地位。

毫无疑问，造成福贵悲惨命运的是残酷的宗法制度。按照陈旭麓的说法："真正的社会组织，在农村，是家庭体系，即所谓宗法组织。这是封建社会最基本的组织，是中央集权君主专制主义官僚政治的基石。它不属于行政体系，但它所起的作用是行政组织远远不能比拟的。宗族的存在，以血缘为纽带，自成一种社会集体。宗祠、祖茔、族谱、族规、族长以及场面盛大的祭祀构成了它的物质外壳。其灵魂则是'敬宗收族'。"但是，大量的社会史材料和文

[①] 默涵：《从阿Q到福贵》，原载《小说》1948年第5期，引自黄修己编《赵树理研究资料》，第180页。

学作品显示出,"为了维护封建社会的秩序,族规有时候比刑律还残酷"①。在小说中,福贵"因为他当了吹鼓手,他的老家长王老万要活埋他,他就偷跑了"②。因为肚子饿偷东西,结果福贵押地的活契变为了死契,最后:"老万和本家一商量,要教训这个败家子。晚上王家户下来了二十多个人,把福贵绑在门外的槐树上,老万发命令:'打'!水蘸麻绳打了福贵满身红龙。福贵像杀猪一样干叫喊,银花跪在老万面前死祷告。"③ 在中国家族史上,这是触目惊心、不容回避的一页。

福贵确实和阿Q的遭遇相似,作为弱者,两者在文学上存在着延续,张旭东指出,作为中国现代的著名寓言,阿Q具有两个方面的特质:其一,"'精神胜利法'的喜剧性在于,这个修补完整的语言只是阿Q的'私人语言',没有跟他人的可交流性";其二,"阿Q的'自尊'和'要强',包含着强烈的肯定上下等级秩序的冲动"④。但两者已经产生了根本的区别,福贵和阿Q的不同在于,福贵已经可以发声,面对王老万不再是把"私人语言"停留在内心的状态,而是说出了自己的心里话。20世纪40年代后期,美国记者贝尔登在华北采访,他根据自己的观察,指出:"山西有句俗话:'天下没有穷人的理',这是千真万确的。一个贫苦的佃农,如果他既没有加入什么秘密会社,又无某位有势力的人物作为靠山,那他就不可能被当作人来看待,只不过是地主收租簿上的一个账号而已。这类贱民往往连个大名也没有,人们就根据其身体上的某些特征来称呼他们,如'王麻子'、'李歪脖'、'张长耳',等等。在中

---

① 陈旭麓:《近代中国社会的新陈代谢》,上海人民出版社1992年版,第11、13页。
② 赵树理:《福贵》,《赵树理全集》第三卷,第147页。
③ 同上书,第160页。
④ 张旭东:《中国现代主义起源的"名""言"之辩:重读〈阿Q正传〉》,《鲁迅研究月刊》2009年第1期。

国,这样的无名氏比比皆是。正是这一类人物,现在居然在大庭广众中,当着村里的穷哥们和财主老爷们,站起来说话了。这本身就是革命,就是宣告与过去彻底决裂。"① 在这一背景中,我们更能理解福贵要求"表诉表诉,出出这一肚子忘八气"的意义。小说写道:

> 福贵道:"老家长!我不是说气话!我不要你包赔什么,只要你说,我是什么人!你不说我自己说:我从小不能算坏孩子!一直长到二十八岁,没有干过一点胡事!"许多老人都说:"对!实话!"福贵接着说:"……我赌博是因为饿肚,我做贼也是因为饿肚,我当忘八还是因为饿肚!我饿肚是为什么呢?因为我娘使了你一口棺材,十来块钱杂货,怕还不了你,给你住了五年长工,没有抵得了这笔账,结果把四亩地缴给你,我才饿起肚来!我二十九岁坏起,坏了六年,挨的打、受的气、流的泪、饿的肚,谁数得清呀?……我这次回来,原是来搬我的孩子老婆,本没有心事来和你算账,可是回来以后,看见大家也不知道怕我偷他们,也不知道是怕沾上我这个忘八气,总是不敢跟我说句话。我想就这样不明不白走了,我这个坏蛋名字,还不知道要流传到几时,因此我想请你老人家向大家解释解释,看我究竟算一种什么人!看这个坏蛋责任应该谁负?"②

通过这一对话可以看出,福贵得到了民间情理和革命政权的共同支持。不过,赵树理关注的重心是,即便经历了土改等重大的政

---

① [美]杰克·贝尔登:《中国震撼世界》,第193页。
② 赵树理:《福贵》,《赵树理全集》第三卷,第163—164页。

治革命，一些习惯、风俗及伦理等层面的问题，仍然没有被触及或改变。就此而言，赵树理小说中关于乡村日常生活、风俗伦理等透露出来的"问题性"，尤其显得意味深长。

需要特别注意的是，政治固然有力地支持了乡村世界的伦理，进而获得了自身的合法性依据，但日常生活仍有其较大的独立空间，有些问题很难通过政治的方式予以解决，如家庭问题、妇女问题等。这是赵树理小说关注的重点。《孟祥英翻身》写道，女性"反对婆婆打骂，反对丈夫打骂，要提倡放脚，要提倡妇女打柴、担水、上地，和男人吃一样饭干一样活，要上冬学"，而在婆媳矛盾中，新政权给了媳妇很大的支持："这家媳妇挨了婆婆的打，告诉孟祥英，那家媳妇受了丈夫的气，告诉孟祥英。她们告诉孟祥英，孟祥英告诉工作员，开会、批评、斗争。"[1] 孟祥英之所以能翻身，因为她是生产度荒能手，而且担任了村干部、参加了识字组，正是通过社会革命，旧家庭受压迫妇女获得了解放。赵树理说："可是得到的材料，不是孟祥英怎样生产度荒，而是孟祥英怎样从旧势力压迫下解放出来。"[2] 问题是，"英雄"孟祥英面对的是旧家庭"老规矩"的折磨、虐待，按照"老规矩"，"媳妇出门，要是婆婆的命令，总得按照期限回来，要是自己的请求，请得准请不准只能由婆婆决定，就是准出去，也得叫媳妇看几次脸色；要是回来得迟了，可以打、可以骂，可以不给饭吃"[3]。小说写孟祥英受了虐待：

不过孟祥英也不是绝对没有个哭处：姐姐跟自己是紧邻，

---

[1] 赵树理：《孟祥英翻身》，《赵树理全集》第二卷，第384页。
[2] 同上书，第375页。
[3] 同上书，第388页。

见了姐姐可以哭；邻家有个小媳妇叫常贞，跟自己一样挨她婆婆的打骂，见了常贞可以互相对哭；此外，家里造纸，晒纸时候独自一个人站在纸墙下，可以一边贴纸一边哭。在纸墙下哭得最多，常把个布衫襟擦得湿湿的。①

又一次，孟祥英在地里做活，回来天黑了，婆婆不让她吃饭，丈夫不让回家。院门关了，婆婆的屋门关了，丈夫把自己的屋门也关了，孟祥英独自站在院里。邻家媳妇常贞来看她，姐姐也来看她，在院门外说了几句悄悄话，她也不敢开门。常贞和姐姐在门外低声哭，她在门里低声哭，后来她坐在屋檐下，哭着哭着就瞌睡了，一觉醒来，婆婆睡得呼啦啦的，丈夫睡得呼啦啦的，院里静静的，一天星斗明明的，衣服潮得湿湿的。②

此处描写的细腻、深入，揭示了日常生活存在的问题；这显然无法通过阶级斗争的方式而予以解决。只是，这些问题在解放区的解决并非让妇女离婚、脱离家庭等，而是试图通过社会革命来逐步改善的。

同一主题延续到1949年的小说《传家宝》当中。小说主人公金桂是劳动英雄，矛盾仍是在和婆婆李成娘之间展开。小说写道："李成娘对金桂的意见差不多见面就有：嫌她洗菜用的水多、炸豆腐用的油多、通火有些手重、泼水泼得太响……不说好像不够个婆婆派头，说得她太多了还好顶一两句，反正总觉得不能算个好媳妇。"③ 小说中最为有趣的是赵树理对李成娘床头的箱子——传家

---

① 赵树理：《孟祥英翻身》，《赵树理全集》第二卷，第 377 页。
② 赵树理：《福贵》，《赵树理全集》第三卷，第 381 页。
③ 赵树理：《传家宝》，《赵树理全集》第三卷，第 333 页。

宝——的描写："她有三件宝：一把纺车，一个针线筐和这口黑箱子。这箱子里放的东西也很丰富，不过样数很简单——除了那个针线筐以外，就只有些破布……里边除了针、线、尺、剪、顶针、钳子之类，也没有什么别的东西。破布也不少，恐怕就有二三十斤，都一捆一捆捆起来的。这东西，在不懂得的人看来一捆一捆都一样，不过都是些破布片，可是在李成娘看来却不那样简单——没有洗过的，按块子大小卷；洗过的，按用处卷——那一捆叫补衣服、那一捆叫打袼、那一捆叫垫鞋底，各有各的特点，各有各的记号——有用布条捆的，有用红头绳捆的，有用各种颜色线捆的，跟机关里的卷宗上编得有号码一样。"① 这段细致入微的描述，把农村老太太的习性、心态等表现无遗，而这也成了"老规矩"与新的社会生活矛盾的爆发点："婆婆只想拿她的三件宝贝往下传，媳妇觉得那里边没大出息，接受下来也过不成日子，因此两人从此意见不合，谁也说不服谁。"②

在中国现代思想家那里，也注意到了社会革命改变了家庭的形态。冯友兰指出："所谓产业革命者，即以以社会为本位底生产方法，替代以家为本位底生产方法，以以社会为本位底生产制度，替代以家为本位底生产制度。产业革命，亦称工业革命。"③ 只是，中国革命提供了更为普遍的形式，一方面，这是由于中共获得了政权，有了将理念转化为实践的条件；另一方面，确实得自制度的情理化的实践。1944年，毛泽东给秦邦宪的信中指出："没有社会活动（战争、工厂、减租、变工队等），家庭是不可能改造的。"④ 因

---

① 赵树理：《传家宝》，《赵树理全集》第三卷，第334页。
② 同上书，第335页。
③ 冯友兰：《新事论》，《三松堂全集》第四卷，河南人民出版社2001年版，第233—234页。
④ 毛泽东：《给秦邦宪的信》，《毛泽东文集》第三卷，人民出版社1996年版，第207页。

而，在中共的社会革命中，年轻媳妇有了更多的参与可能，在摆脱家庭劳动的同时，也获得了逐渐平等的家庭地位。按照蔡翔的说法："劳动的过程，同时也是社会化的过程，更是政治化的过程，因此，妇女在这一过程中，不仅开始成为社会主体，而且也开始成为政治主体，成为'新社会'的积极的支持者。"①

问题是，生活世界的问题更为复杂，社会革命也有其限度。在《登记》中，小飞蛾和丈夫张木匠成了夫妻后，由于被怀疑与别人相好，挨了丈夫的打。小说写道：

> 自从她（小飞蛾）挨下了这一顿打之后，这个罗汉钱更成了她的宝贝。人怕伤了心：从挨打那天起，她看见张木匠好像看见了狼，没有说话先哆嗦。张木匠也莫想看上她一个笑脸——每次回来，从门外看见她还是活人，一进门就变成死人了……张木匠看不上活泼的小飞蛾，觉得家里没了趣，以后到外边做活，一年半载不回家，路过家门口也不愿进去，听说在外面找了好几个相好的。张木匠走了，家里只留下婆媳两个。婆婆跟丈夫是一势，一天跟小飞蛾说不够两句话，路上碰着了扭着脸走，小飞蛾离娘家虽然不远，可是有嫌疑，去不得；娘家爹妈听说闺女丢了丑，也没有脸来看望。这样一来，全世界上再没有一个人跟小飞蛾是一势了，小飞蛾只好一面伺候婆婆，一面偷偷地玩她那个罗汉钱。她每天晚上打发婆婆睡了觉，回到自己房子里关上门，把罗汉钱拿出来看了又看，有时候对着罗汉钱悄悄说："罗汉钱！要命也是你，保命也是你！人家打死我我也不舍你！咱俩死活在一起！"她有时候变得跟小孩子一样，把罗汉钱暖在手心里，贴在脸上，按在胸口，衔

---

① 蔡翔：《革命/叙述：中国社会主义文学—文化想象（1949—1966）》，第80页。

在口里……①

按照现代人的理解，小飞蛾可以借助婚姻法，自主自由地摆脱不幸的婚姻，可是，赵树理明白，这在当时的乡村几乎无法做到。在对小飞蛾这一婚姻状态不无悲情的书写中，赵树理有着自己的情理观念。作为一部宣传婚姻法的作品，赵树理对年青一代燕燕和小晚的爱情，是积极赞成的。小说在对比中，透露出来的不光是婚姻法在法律层面上的成立，更主要是植根于民间的世道人情。面对生活世界的变革，赵树理的笔触柔软得多、态度也显得暧昧。《传家宝》中李成娘和儿媳虽然矛盾重重，但并未激化，最终是通过亲人的劝解来解决问题。《登记》中作者对年青一代的艾艾、燕燕的理想的感情婚姻选择是极力支持的，作者对小飞蛾也是同情的，但以她和张木匠为代表的、中年一代并不如意的婚姻却持保留的态度。

不难看出，在日常生活的书写中，赵树理的笔触所向不是大悲大痛，而是在同情中蕴含着某种民间悲情戏的基调。这样的写作笔调和情感取向充盈于赵树理的小说叙事当中，对于习惯于阅读现代文学作品的读者而言，赵树理的作品风格既不像沈从文文人式的纯净和抒情，也不像柳青史诗式的写法那样庄重和冷峻。借用巴赫金复调小说的说法，他的小说中的声调是混杂吵闹的。然而，如孙晓忠所言，正是在充满混杂的叙事中，赵树理"将自己和自己的写作嵌入到乡村的生活世界中"②，进而获得了乡村世界的实感。

当然，所谓小说的写作笔调和情感取向，不完全来自于某类文

---

① 赵树理：《登记》，《赵树理全集》第四卷，第7—8页。
② 孙晓忠：《有声的乡村——论赵树理的乡村文化实践》，《文学评论》2011年第6期。

学风格的模拟，风格背后往往隐含的是作者的基本情感、观念和问题意识。这一方面使得某些生活细节和场景进入了作家的视野，由此甚至构成了重要的意义片段及独特的世界，另一方面，作者的叙事展开又是多个元素、场景、人物、事件等意义交流的过程，这一交流过程也许是和谐的，也许不无分歧，甚至充满了冲突乃至分裂。赵树理受到生活世界观念的影响，构筑了一个相对自足的世界。赵树理的写作又随着历史的变化而发生着变化，这持续地影响着作家的写作形态及问题意识。

总体而言，乡村变革一直是赵树理小说的重要主题，革命不仅带来了政治经济等社会关系的改变，也带来了人们观念、认识的改变，因此，《李家庄的变迁》最后铁锁会说："打总说一句：这里的世界不是他们的世界了！这里的世界完全成了我们的了！"《邪不压正》中王聚财会感叹："这真是个说理的地方！"由于赵树理的情理视角与革命政治的法理极为和谐，因而，人物的塑造、叙事的节奏也透露出欢愉的意味。这一主题延续到了赵树理新中国成立以后的创作当中，只是，随着合作化运动、人民公社实践的展开，政治世界与生活世界的关系从彼此融合变得更加紧张，最后甚至走向分裂。

回看这一段历史，就会看到，将赵树理确定为"毛泽东文艺思想的标兵"，除了作品的通俗性，还有其内容和中共农村革命的具体任务相契合。赵树理无疑是比较早深刻地揭示出农村压迫的少数作家之一。正是由于这一点，赵树理的小说对中国基层农村权力运行的揭示深入肌理，因此，周扬会说："记得当时就有人说过，赵树理在作品中描绘了农村基层党组织的严重不纯，描绘了有些基层干部是混入党内的坏分子，是化装的地主恶霸。这是赵树理深入生活的发现，表现了一个作家的卓见和勇敢。而我的文章却没有着重指出这点，是一个不足之处。"① 相比较而言，新歌剧《白毛女》、丁玲的《太阳照在桑干河上》和周立波的《暴风骤雨》等作品，在揭示乡村问题的层面，比赵树理晚了半拍。

但同样不容忽视的是，赵树理对乡村问题的观察、看法，不完全来自阶级斗争观念的驱使，其很大程度上来自个人的生活经验。董之林指出："由表现家长里短而编织出密密麻麻的细节，不仅冲淡了作品的主题色彩，而且也冲淡了宏大叙事、主题先行带给作品的紧张。这种写法为日常生活带来一种散淡的韵致，并由散淡生出诙谐与幽默，消解了大叙事的庄重和典雅。小说家对生活和人物持平等关切的视角，让人感到一种特有的亲切和体贴。"② 洪子诚注意到这一问题，即："他对劳动人民受到的毒害是正视的，也是关切的，对毒害至深而造成的畸形性格和扭曲灵魂的责备和批判，有时是严厉的。然而，这种'严厉'，并不是到顶。他留有余地，有所期待，甚至可以说常常流露出一种善意的谅解和温情。作家当然对他们有揭发、有责备，但更多的是让他们在生活中获取教训，或者让他们在众人面前出'丑'：这既表现对这些人物的嘲弄，也表现了批评的分寸。"③

和周立波、柳青等作家相比，赵树理思考问题的角度显然是"自下而上"的，这一略显暧昧而犹疑的问题意识和创作姿态，使得赵树理在某些重要时刻，与中共农村革命的步调不那么一致。这是《邪不压正》发表之后，赵树理遭到了激烈批评的直接原因。新中国成立后，赵树理的文学努力呈现出两个面相：一方面，他试图寻找乡村世界和革命政治的契合点，《三里湾》集中表达了作家关

---

① 周扬：《赵树理文集·序》，《工人日报》1980年9月22日。
② 董之林：《韧性坚守与"小调"介入——赵树理小说再分析》，《甘肃社会科学》2011年第1期。
③ 洪子诚：《当代中国文学的艺术问题》，北京大学出版社2010年版，第58页。

于农村生产、生活世界的想象；另一方面，作家构建的乡村世界的革新与激进化的政治实践却渐行渐远，乃至最后陷于无法调和的矛盾当中。就此而言，赵树理新中国成立之后一再被卷入文学论争的中心，甚至被卷入政治风波当中，绝非偶然。

第三章

乡村共同体的重建及其叙事

——以《三里湾》为中心

20世纪40年代前后,中共在领导的抗日民主根据地推行了减租减息政策,以减轻农民负担,同时,推行互助合作的生产形式,以发展农村经济。在毛泽东等人的设想当中,互助合作的生产方式孕育了中国农业合作化的雏形。1943年,毛泽东在中共中央招待陕甘宁边区劳动英雄大会上发表讲话,指出:"在农民群众方面,几千年来都是个体经济,一家一户就是一个生产单位,这种分散的个体生产,就是封建统治的经济基础,而使农民自己陷于永远的穷苦。克服这种状况的唯一办法,就是逐渐地集体化;而达到集体化的唯一道路,依据列宁所说,就是经过合作社。"[①] 不过,在抗日战争期间,由于农村经济条件落后,根据地的劳动互助大多仍然是以家庭为基本单位,赛尔登指出:"1942年高干会议决定,对农村的社会、经济、政治和军事生活实行大变革。核心的一条是对农业生产这一农村生活中最重要的问题采取新的办法。原先激进的土地革命并没有改变小农生产制度。其实,陕甘宁边区土地

---

① 毛泽东:《组织起来》,《毛泽东选集》第三卷,第931页。

革命的一个带有讽刺意味的后果是强化了小农经济，削弱了传统的劳动互助。"① 尽管如此，农业合作化作为农村发展的方向，已经看得比较清楚。

新中国成立后，在全国绝大范围内推行了土地改革，最终："全国有三亿多无地少地的农民（包括老解放区农民在内）无偿地获得了约七亿亩土地和大量生产资料，免除了过去每年向地主交纳的约七百亿斤粮食的苛重地租。"② 但解决土地问题只是第一步，更能代表中共设想的是1950年通过的《土地改革法》，其总则中规定："废除地主阶级封建剥削的土地所有制，实行农民的土地所有制，借以解放农村生产力，发展农业生产，为新中国的工业化开辟道路。"③ 这一法律规定对乡村最核心的影响是：一方面，确立了"农民的土地所有制"；另一方面，是土地革命"为新中国的工业化开辟道路"。然而，随着农民拥有土地所有权，却又出现了新的问题，薄一波在回忆中谈道："上升户中一部分添了车马，有的雇了长工，买进或租进了土地。另有一部分因缺乏劳动力或疾病灾害，或因缺乏生产资料或好吃懒做，经济生活下降，他们中一小部分人已开始向前一小部分人出卖、出租土地，或借粮借款。有些农村党员开始雇长工；许多党员不了解许不许群众雇工，许不许党员雇工；有些党员听了党员不应剥削雇工的党课后，出卖牲口，解雇长工。"④ 这些争论是1950年东北局内部关于农村的阶级分化、合作互助及富农党员等问题引起的，随后，发生了1951年山西发

---

① ［美］马克·赛尔登：《革命中的中国：延安道路》，魏晓明、冯崇义译，社会科学文献出版社2002年版，第226页。
② 胡绳主编：《中国共产党的七十年》，中共党史出版社1991年版，第245页。
③ 引自胡绳主编《中国共产党的七十年》，第245页。
④ 薄一波：《若干重大决策与事件的回顾》上，中共党史出版社2008年版，第138页。

展农业合作化问题的争论①。新的形势促使毛泽东决定加快农业合作化的步伐。1953年，毛泽东提出："中国人民的文化落后和没有合作社传统，使得我们的合作社运动的推广和发展大感困难；但是可以组织，必须组织，必须推广和发展。"② 1955年，毛泽东对推行合作化运动的原因作了更明确的说明："现在农村中存在的是富农的资本主义所有制和像汪洋大海一样的个体农民的所有制。大家已经看见，在最近几年中间，农村中的资本主义自发势力一天一天地在发展，新富农已经到处出现，许多富裕中农力求把自己变为富农。许多贫农，则因为生产资料不足，仍然处于贫困地位，有些人欠了债，有些人出卖土地，或者出租土地。这种情况如果让它发展下去，农村中向两极分化的现象必然一天一天地严重起来。"③

1953年以后，出现了一批关于农业合作化的小说，重要的有李准的《不能走那一条路》（1953）、赵树理的《三里湾》（1955）、周立波的《山乡巨变》（1958）和柳青的《创业史》（1958）。直观地来看，这些作品反映了农业合作化运动这一共同主题，但具体到文本层面，则会看到，在不同作品中，不仅不同作者有着取径各异的艺术追求和美学趣味，而且，他们秉持着各自的问题意识、未来想象等也有很大差异。

本章以《三里湾》为中心，通过与其他合作化小说的对比，揭示出赵树理所触及问题的普遍性、独特性和复杂性。客观来说，合作化小说大都积极反映并回应了政治革命和国家建设中遇到的问

---

① 薄一波：《若干重大决策与事件的回顾》上，中共党史出版社2008年版，第130—149页。关于山西省委和华北局的分歧及其过程，参看马社香《农业合作化运动始末：百名亲历者口述实录》，当代中国出版社2012年版，第1—54页。

② 毛泽东：《反对党内的资产阶级思想》，《毛泽东选集》第五卷，人民出版社1977年版，第93页。

③ 毛泽东：《关于农业合作化问题》，《毛泽东选集》第五卷，第187页。

题：首先，必须直面乡村新出现的贫富分化状况；其次，随着工业化的发展，城市的扩大，中共面临着重新统合城乡发展的重任，因此，我们看到多重力量进入乡村，试图组织并重建乡村，而城乡关系、农村知识分子问题、科学技术问题等，逐渐浮现了出来。在以文学的方式处理互助合作这一题材时，赵树理虽然也正面涉及了政治革命、国家建设等论题，但和柳青、周立波等不同，他关于农村问题的解决，更富乡村本位色彩。在赵树理的视野中，乡村问题已经很难通过壁垒分明的阶级斗争方式来解决，而是逐渐深入到家庭、伦理、习俗等层面，这显然与政治家的设想有着很大的不同。在这一意义上，中国革命取得成功并不是简单的政权更迭，而是社会层面的革命，具体说，是蔡翔所说的"新社会"的建设过程，即："这个'新社会'按照平等的原则，重新缔结人与人之间的关系，或者说，重新创造了一个政治/经济的共同体。同时，更重要的，这也是一个道德的共同体，它的核心正是相互扶助。而在所有的表述——政治、经济或道德的表述中，潜藏的，恰恰是一种'天下为公'的文化想象。"[1] 最后，赵树理的主要立足点在乡村内部，通过户、集体和国家关系的调整与重构，以建立新的生活秩序和共同体。生活世界中革命的展开，固然要借助政治力量的介入，才能恢复其基本秩序，但它本身又有着极大的独立性，其存在空间也极为复杂而且暧昧。因此，只有把握生活世界的特殊情境、问题，以及它和中国革命政治的融合与碰撞，才能真正理解赵树理文学的意义所在。

第一节　三里湾的政治革命

不少研究者已经指出，传统中国的农村经济具有两面性：一方

---

[1] 蔡翔：《革命/叙述：中国社会主义文学—文化想象（1949—1966）》，第78页。

面是小农立国①，另一方面也不乏合作传统②。早在1943年，毛泽东就提出"在边区，我们现在已经组织了许多的农民合作社，不过这些在目前还是一种初级形式的合作社，还要经过若干发展阶段，才会在将来发展为苏联式的被称为集体农庄的那种合作社。"③ 新中国成立后，情况发生了新的变化，共和国以政党、国家作为农业合作化的主要推动力量，在中国历史上确属首次。不过，由于1949年到1976年的挫折，对农业合作社以及此后农村的"人民公社"等运动的评价产生了极大的分歧，以至于有学者认为合作化"严重挫伤了农民的积极性"，"无疑是一项劳民伤财之举，给中国农业生产造成了巨大的创伤。没有任何真实的资料统计可以证实，合作化运动提高了劳动生产率，给农民带来了生活改善。事实是，无论从心灵到肉体，从物质到精神，农业合作化运动和人民公社（大跃进）都给中国农民带来灾难性后果"④。虽然这位作者针对的是文学文本，但这样不无激愤的说法已经大大脱离了时代语境，甚至罔顾基本的历史事实。随着研究的深入，对农业合作化的认识已经有所纠正。杜国景提示道："政治学、经济学、历史学、社会学的合作化研究则要冷静、客观得多，较少偏激言论。包括当年参与农业合作化运动决策的杜润生及诸多年轻后学在内，大多对合作化持审慎、客观态度，认为合作化运动的前期，即互助组和初级社阶段基本是或大体是'正常和健康的'，'高级社在某些方面的确存在一

---

① 参看黄宗智《华北的小农经济与社会变迁》，中华书局2000年版。
② 中共西北局调查研究室编：《陕甘宁边区的劳动互助》，孙晓忠、高明编：《延安乡村建设资料》二，上海大学出版社2012年版，第503—556页。
③ 毛泽东：《组织起来》，《毛泽东选集》第三卷，第931页。
④ 陈晓明：《革命与抚慰：现代性激进化中的农村叙事——重论五六十年代小说中的农村题材》，《海南师范大学学报》2008年第2期。

定的优越性。'"① 具体到实践层面，合作化运动要通过农业生产的组织化，来克服小农经济的问题。叶扬兵分析过小农经济比较脆弱，其深层原因是：（1）严峻的土地问题；（2）小农家庭经营方式；（3）沉重而不合理的负担；（4）落后的生产力水平；（5）农业与副业相结合的产业结构；（6）自由而贫困化的市场环境；（7）农民普遍负债，饱受高利贷的盘剥；（8）传统小农的心理特征；（9）贫困而毫无保障的生活。② 叶扬兵特别指出："客观地说，农业合作化或农业集体化的确具有从农业汲取工业化积累的实际功能，但是，当时在中共中央领导层并无这种主观意图，特别是，在20世纪50年代，中共领导层倒并没有特别感到来自资金短缺的压力，而是面临着粮食等农产品短缺的巨大压力。"③ 在这一意义上，新中国成立之后选择农业合作化道路有其历史合理性。不过，农业合作化运动的提出，又和中共的革命理念密切相关。

在此，有必要指出赵树理思考合作化问题的历史背景。薄一波提到，1951年9月，"毛主席倡议召开的全国第一次互助合作会议，在陈伯达主持下召开。会后，起草了《关于农业生产互助合作的决议（草案）》。草案初稿写出后，毛主席提议向熟悉农民的作家们征求意见。陈伯达就将初稿送请赵树理同志看。赵树理提出不同意见，认为现在的农民没有互助合作的积极性，只有个体生产的积极性。"④ 由此人们很容易认定赵树理是支持个体生产的，但这只是过于表面的推测。从建国初期到写作《三里湾》期间，赵树理很少写关于农村问题的文章。1953年，赵树理汇报自己的写作计划：

---

① 杜国景：《合作化小说中的乡村故事与国家历史》，中国社会科学出版社2011年版，第307页。
② 叶扬兵：《中国农业合作化运动研究》，知识产权出版社2006年版，第29—40页。
③ 同上书，第16页。
④ 薄一波：《若干重大决策与事件的回顾》上，第135页。

"上半年写一篇关于农业生产合作社的小说,主题是反映办社过程中集体主义思想与资本主义思想的斗争,大约二十万字。"[①] 这是《三里湾》的主题,小说要写"社会主义建设和社会主义改造为内容的过渡时期",现实条件是:"这次新的实验,果然给领导生产的县区级干部开辟了新道路,给附近农村增加了发展生产的新刺激力——虽然生产动力和土地所有制没有变动,但以统一经营的方式增加了土地、劳力、投资等的生产效力,以土地、劳力按比例分红的办法照顾了土地私有制,保证了增加产量和增加每个社员的收入——试验的结果良好,附近农民愿意接受,中央也批准推广。"[②]《三里湾》关于"过渡时期"的定位有着多重意涵,具体表现为:其一,要应对遗留下来的某些政治问题,尤其是土改时期"翻得高"干部的状况;其二,是经济层面的问题,尤其是以户为单位的农村家庭经济和合作化的关系;其三,社会革命与国家建设的关系。要而言之,这里既可以看到革命政治的延续,也可以看到现代国家介入乡村的过程。

更值得注意的是,"过渡时期"影响甚至决定了小说的基本的叙事内容和基调。在赵树理的构想中,在一段时期内不触动土地私有制,仍可以推动合作化向前发展,这在周立波的《山乡巨变》中也有着明显的体现。此时周立波的创作结束了"暴风骤雨"式的土改文学模式,将合作化的开展放置在更为细腻的层面,如邓秀梅下乡发动合作化的方式就比较柔和。村干部李月辉被认为是"男儿无性,纯铁无钢"的"婆婆子",在"收缩"合作社时他被人批评为右倾,他却提出:"社会主义是好路,也是长路,中央规定十五年,

---

① 赵树理:《一九五三年文学工作计划》,《赵树理全集》第四卷,第126页。
② 赵树理:《〈三里湾〉写作前后》,《赵树理全集》第四卷,第373—374页。

急什么呢？还有十二年。从容干好事，性急出岔子。"① 在乡村内部，合作化的进步一方和"落后力量"的亭面糊、菊咬筋等，并非截然对立。小说最后"秋丝瓜"入社主要是通过劳动竞争的方式，最终是靠劳动效率和成果实现的。

合作化小说大都从问题出发，其中关注的焦点之一，是随着土地革命的结束，农村出现了新的贫富分化。在这一方面，柳青的《创业史》可以作为有力的参照。《创业史》首先要论证的是农业合作化起点的正义性、合理性。在小说中，土改不可能满足所有农民的物质要求，在某些研究中，对于郭振山的发家致富和梁三老汉想要盖房子、过上体面生活的理想等，都给了充足的理由。然而，许多具体问题仍然涌现了出来：比如，生产资料极其贫乏的高增福、欢喜怎么办？改霞这样寡母孤女构成的家庭怎么办？他们怎么可能实现发家致富的梦想？其次，关于合作化运动的展开过程，已经不是土改时期的"打土豪、分田地"的模式，而是着力于发展生产。在小说中，梁生宝已经认识到土改的逻辑很难持续。要特别提出的是，在中国的农业合作化运动中，政党、国家等是合作化运动的强大在场者，梁生宝买稻种、领导群众进终南山伐竹子，以及县上农技员下乡等，都可以看出农村的发展离不开国家的支持，也需要科技和技术的介入。虽然，这些事件只是在叙事层面上展开，但是已经触及农业合作化运动的根本问题。

中共对于富农等阶层，主要是团结的态度，但对于党员单干发家、买地、雇工等问题，在党内却引发了激烈的论争，其焦点是共产党的干部是否可以购置土地以及雇工等问题。在《三里湾》中，买地雇工的干部代表是范登高。小说通过灵芝、范登高老婆和有翼的对话，点出了范登高翻身"翻得高"的历史根源：

---

① 周立波：《山乡巨变》，人民文学出版社1958年版，第105页。

有翼说:"你爹的外号却很简单,就是因为翻身翻得太高了,人家才叫他翻得高!"范登高老婆说:"其实也没有高了些什么,只是分的地有几亩好些的,人们就都瞎叫起来了。"有翼说:"那就是沾了光了嘛!"范登高老婆说:"也没有沾多少光,看见有那么两个老骡子,那还是灵芝她爹后来置的!你不记得吗?那时候,咱们的互助组比现在的农业生产合作社还大,买了两个骡子有人使没人喂,后来大组分成小组的时候,往外推骡子,谁也不要,才折并给我们。"有翼说:"这我可记得:那时候不是没人要,是谁也找补不起价钱!登高叔为什么找补得起呢?还不是因为种了几年好地积下了底子吗?"①

前文已经谈到,中共在农村的革命,不仅要以阶级斗争的方式重组农村的基层政权,而且,还着力于发展生产、恢复农村经济。赛尔登指出:"中共在1943年再次将焦点放在农村,但这次的目标是要带领农民改造乡村经济。共产党人意识到互助的最初动力必须来自乡村之外,要靠外来干部的组织和教育工作。但是,从长远来看,合作运动的成功有赖于农民的支持和当地热心干部的成长。"②事实上,范登高这样的本村干部具有农村互助合作的经验,只是,土改之后,像范登高这样"翻得高"的干部不在少数,这些问题在赵树理的《邪不压正》中已经凸显了出来,由此,《三里湾》中范登高买骡子雇人做小买卖等行为,可谓其来有自。更麻烦的是,如迈斯纳所言:"土地改革刚刚结束,农村就出现了传统的高利贷活动。富裕的和生产效率较高的农民还开始向贫穷的、生产效率低的

---

① 赵树理:《三里湾》,《赵树理全集》第四卷,第206页。
② [美]马克·赛尔登:《革命中的中国:延安道路》,第233页。

农民放债。在一些情况下,债务人被迫将自己的土地出售给债权人。"①

在1953年发表的《不能走那条路》中,东山和父亲宋老定围绕同村人张栓卖地,发生了激烈争吵:

"他不卖!"老定笑了笑,"恐怕他那一屁股账没人给他还!""他没有多少账。"东山接着振了振精神说起来,"今后晌我和他商量了。卖地不是办法。张栓又不是三十亩五十亩,就那十几亩地,卖了咋办?咱和张栓从前都是贫农,他现在遇到困难,咱要帮助他。咱咋能买他这地!"老头听得不耐烦,他风言风语听别人说过:"东山是党员,他不会买地放账。"他想着大概儿子是因为这不敢买,就气冲冲地说:"咱咋不能买?就别人能买!买地卖地是周瑜打黄盖,一家愿打,一家愿挨,两情两愿,又不是凭党员讹他的,有啥不能买!"②

结果东山仍不能说服父亲。小说中老定对土地的感情近乎是天然的、本能的,小说写道"他从地里抓了把土,土黑油油地在吸引他"。情节的转折是老定看到张栓他爹的坟,"他心里扑通扑通地跳起来。他本来想不看,可是眼睛却老是往那里瞅。他想起来张栓他爹那样子。张栓他爹是解放前一年死的,耍了一辈子扁担,临死时还没有一分地能埋葬他自己。张栓把他爹的棺材在破窑里放了二年,一直到土地改革后,才算把他爹埋到这块地里。他对这事情是一清二楚。他想起来张栓他爹临死时对张栓说:'早晚咱有地,再

---

① [美]莫里斯·迈斯纳:《毛泽东的中国及其后:中华人民共和国史》,杜蒲译,香港中文大学出版社2005年版,第122页。
② 李准:《不能走那条路》,《河南日报》1953年11月20日。

埋我这老骨头,没有地就不埋,反正我不愿意占地主们的地圪塄头!'他想起了这话,又想起解放前那几年受的苦,鼻子一酸,眼泪只想往外涌"。有意味的是,此处终止老定买地的力量主要来自感情和伦理,有很强的偶然性,也不见得有多强的说服力。

如果说,普通民众的买地很容易让人想到"小农经济的汪洋大海",那么,共产党干部的买地行为就格外显眼。《创业史》中郭振山不单只顾自己发家,而且也开始买地。小说写道:

> 郭振山是一九五一年冬天,从下堡村钉鞋匠王跛子手里,买了这两亩桃林地的。为了买这块地,他在整党学习的会上,好抬不起头呀!在下堡乡的众党员面前检讨的时候,他那满腮胡楂的大脸盘,火烫烫地发烧哩。但检讨过后,在回家的路上,看看这二亩地,他心里还是觉得舒坦得很。他对人说:"哎呀!这地在王跛子手里,一则隔河,二则路遥远,三则没劳力加工,浪费地力,真正可惜。哈!从前跛子只图卖一季鲜桃嘛,这阵桃树败了,种得麦子真像梁大老汉秃脑顶的头发,等于撂了荒。这和政府号召增加生产,根本不相合。到我郭振山名下,嘿,俺弟兄俩兵强马壮,可能把这块地播弄好哩。虽说共产党员买地,影响是不大好,可响应了政府增产的号召呀……"在党支部的会上,众党员们纷纷批判他这种把歪道理说得很顺口的论调,揭露他这是用漂亮的言辞,掩盖他的自发思想。①

严格来说,范登高、郭振山等人的做法并非完全不符合当时党和国家政策的,所以,郭振山才会振振有词地为自己个人发家辩

---

① 柳青:《创业史》,中国青年出版社2009年版,第175—176页。

护。在《三里湾》中，范登高也持类似的思路，他的说辞是："在当初，党要我当干部我就当干部，要我和地主算账我就和地主算账。那时候出地主的土地来没有人敢要，党要我带头接受我就带头接受。后来大家说我分的地多了，党要我退我就退。土改过了，党要我努力生产我就努力生产。如今生产得多了一点了，大家又说我是资本主义思想。我受的教育不多，自己不知道该怎么办，最好还是请党说话！党又要我怎么办呢？"① 由于后来的政策主要以合作化为基本导向，所以，对干部购置土地、雇人等行为予以遏制甚至终止。

相比较而言，《创业史》的叙事更加紧张，按照柳青的说法，这部小说要回答读者的是："中国农村为什么会发生社会主义革命和这次革命是怎样进行的。回答要通过一个村庄的各阶级人物在合作化运动中的行动、思想和心理的变化过程表现出来。"② 在小说中，柳青将问题提升到"本质性"的高度。小说写梁生宝积极加入合作化运动，主要的动力就是对"私有财产"的痛恨，小说写道："私有财产——一切罪恶的源泉！使继父和他别扭，使这两兄弟不相亲，使有能力的郭振山没有积极性，使蛤蟆滩的土地不能尽量发挥作用。快！快！快！尽早地革掉这私有财产制度的命吧！共产党人是世界上最有人类自尊心的人，生宝要把这当作崇高的责任。"③ 柳青对处于漩涡中心的郭振山——单干发家的共产党干部——的塑造，尤其着力于人物意识、心理的发掘。小说写道：

---

① 赵树理：《三里湾》，《赵树理全集》第四卷，第 291 页。
② 柳青：《提出几个问题来讨论》，《延河》1963 年第 8 期。
③ 柳青：《创业史》，第 198 页。

他脑子一想热，就想豁出来不创家立业了，创国家的大业吧。叫你生宝看看谁把互助组闹得更欢腾。但他在被窝里一翻身，又改变了主意：不能拿过光景的事赌气！"社会主义"，这是人们刚开始在嘴上谈论的名词。到处有人关切地问：咱中国什么时候实行社会主义，没有一个地方有人明确地回答过。可见庄稼人面前，摆着的是一条渺茫的漫长道路。也许这一代人走不到，需要下一代人接着走哩！[1]

他和下堡乡的其他共产党员，一块走出下堡村乡政府的大门洞，脑子里充满了崇高的社会主义理想。在过汤河的独木桥的时候，在稻地中间的小路上走的时候，他和生宝同志亲密地商量过，怎样把蛤蟆滩的互助组整顿好，怎样帮助在生产上和生活上有困难的分地户，别叫他们重新摔啰。但是当他睡在炕上婆娘娃子们中间的时候，西厢屋郭振海强壮的鼾声，东厢屋牛棚里牛啃铡碎的玉米秆的声音，棚上头保卫粮食的猫咬住老鼠的声音，一下子就把他拉回现实世界了。[2]

不难看出，《创业史》主要是通过心理斗争的方式来呈现郭振山的焦灼状态，这是赵树理小说所未曾触及的。在《三里湾》当中，赵树理主要是通过人物之间的"说理"斗争来"克服"范登高的落后性。接着范登高的话，众人的反应是："当他这样气势汹汹往下说的时候，好多人早就听不下去，所以一到他的话停住了，有十来个人不问他说完了没有就一齐站起来。金生看见站起来的人里边有社长张乐意，觉着就以老资格说也可以压得住范登高，便指着张乐意说：'好！你就先讲！'"张乐意反驳范登高，说：

---

[1] 柳青：《创业史》，第155页。
[2] 同上书，第155—156页。

我说登高！你对党有这么大的气？也不要尽埋怨党！党没有对不起你的地方！要翻老历史我也替你翻翻老历史！开辟工作时候的老干部现在在场的也不少，不只是你一个人！斗刘老五的时候是全村的党员和群众一齐参加的！斗出土地来，不敢要的是少数！枪毙了刘老五分地的时候，你得的地大多数在上滩，并且硬说你受的剥削多应该多得，人家黄沙沟口那十来家人给刘家种了两辈子山坡地还只让人家要了点山坡地。那时候我跟你吵了多少次架，结果还是由了你。在结束土改整党的时候，要你退地你便装死卖活躺倒不干工作，结果还只是退出黄沙沟口那几亩沙阪。土改结束以后你努力生产人家别人也不是光睡觉，不过你已经占了好地，生产的条件好，几年来弄了一头骡子，便把土地靠给黄大年和王满喜给你种，你赶上骡子去外边倒小买卖，一个骡子倒成两个，又雇个小聚给你赶骡子，你回家来当东家！你自己想想这叫什么主义？在旧社会，你给刘老五赶骡子，我给刘老五种地，咱们都是人家的长工，谁也知道谁家有几斗粮！翻身时候，你和咱们全体党员比一比，是不是数你得利多？可是你再和全体党员比一比，是不是数你对党不满？为什么对党不满呢？要让我看就是因为得利太多了！不占人的便宜就不能得利太多，占人的便宜就是资本主义思想！你给刘老五赶骡子，王小聚给你赶骡子，你还不是和刘老五学样子吗？党不让你学刘老五，自然你就要对党不满！我的同志！我的老弟！咱们已经有二十年的交情了！不论按同志关系，不论讲私人交情，我都不愿意看着你变成第二个刘老五！要让你来当刘老五，哪如就让原来的刘老五独霸三里湾？请你前前后后想一想该走哪一条道路吧！①

---

① 赵树理：《三里湾》，《赵树理全集》第四卷，第291—292页。

从张乐意的反驳中，我们可以看到话语的多个层次：其一，范登高也是贫雇农出身，有着被剥削、被压迫的记忆和经验；其二，范登高在土改中占了便宜，而且多占成果；其三，范登高只顾自己做小买卖，很容易给人"新地主"的观感和印象。而这一论辩模式对文学的影响是深远的。可以说，中共革命理念的持续在场，对范登高等人造成了强大的压力，构成了推动合作化运动的强大动力。不过，此时的"说理"不完全依靠僵硬的意识形态说教，而是诉诸情感、伦理和情理等感性形式。

第二节 村庄里的国家

如果说，推行劳动互助是为了避免农村出现新的贫富分化，意在兑现中共最初关于平等的革命允诺，那么，农业合作化运动是中国迈向现代国家的必经步骤。赛尔登指出，延安时期"成立互助组，建立超出一家一姓的社会经济网络，是引导农民建设新的社会和国家的关键一步"[①]。新中国成立之后的情形更为复杂，那就是在国家建设中，城市将置于优先地位；这一思路可以追溯到更早。1944年，在给秦邦宪的信中，毛泽东指出："新民主主义社会的基础是工厂（社会生产、公营的与私营的）与合作社（变工队在内），不是分散的个体经济……新民主主义社会的基础是机器，不是手工。我们现在还没有获得机器，所以我们还没有胜利。如果我们永远不能获得机器，我们就永远不能胜利，我们就要灭亡……由农业基础到工业基础，正是我们革命的任务。"[②] 1949年3月，毛泽东指出："从现在起，开始了由城市到乡村并由城市领导

[①] ［美］马克·赛尔登：《革命中的中国：延安道路》，第234页。
[②] 毛泽东：《给秦邦宪的信》，《毛泽东文集》第三卷，第207页。

乡村的时期。党的工作重心由乡村移到了城市。在南方各地，人民解放军将是先占城市，后占农村。城乡必须兼顾，必须使城市工作和乡村工作，使工人和农民，使工业和农业，紧密地联系起来。决不可以丢掉乡村，仅顾城市，如果这样想，那是完全错误的。但是党和军队的工作重心必须放在城市，必须用极大的努力去学会管理城市和建设城市。"① 共和国的城乡关系、工农关系等，已经有不少研究，笔者不再赘述。此处要着力讨论的是，在文学层面，已经表征出引发乡村变革的多重力量：在政治层面，蔡翔称之为中国革命的"动员结构"，即在早期的土改小说中，动员基本上是从乡村外部进入的，因此有着更多的意识形态灌输意味、自上而下的政治介入的态势，蔡翔进一步指出：

在某种意义上，这一"动员—改造"的叙事结构正发端于"土改小说"，而在叙述"合作化运动"的文学中，这一叙事结构不仅得到延续，而且更成为主要的结构形式之一。比如，柳青的《创业史》同样延续着这一结构模式。其中，唯一变化的是梁生宝的身份，梁生宝不再是外来的干部，而是土生土长的农民。《创业史》的这一身份上的变化，可能直接影响到1964年出版的浩然的《艳阳天》。在《艳阳天》中，萧长春也是一个农民干部，但同样承担着"动员—改造"的叙事功能。注意到这一变化也许是重要的，或许它意指群众掌握真理的重要性，或许它意味着这一所谓的"动员—改造"的叙事结构潜在的人民的合法性支持。②

---

① 毛泽东：《在中国共产党第七届中央委员会第二次全体会议上的报告》，《毛泽东选集》第四卷，人民出版社1991年版，第1427页。

② 蔡翔：《革命/叙述：中国社会主义文学—文化想象（1949—1966）》，第74页。

但是，进入共和国之后，需要重新调整城乡关系，其中三个因素深刻地嵌入乡村当中：其一，农村知识分子；其二，现代技术；其三，乡村市场。

培养自己的知识分子，是中国革命的重要组成部分。1939年，毛泽东提出，革命的成功离不开知识分子，中国革命的知识分子主要有两个来源：吸收其他阶级的知识分子，给他们以说服教育，吸引他们参加革命组织；同时，培养无产阶级自己的知识分子，具体说，就是要"工农干部的知识分子化和知识分子的工农群众化"[①]。新中国成立后，随着教育的普及，知识分子逐渐增多，不断满足乡村社会的发展需要。但是，城市提供了全新的生产、生活方式，它对现代教育培养的、仍留在乡村的知识分子有着巨大的诱惑，就此而言，《创业史》中改霞是在城市和乡村之间来回摇摆的典型形象。小说写道：

> 她的心沉重得很。她感到难受，觉得别扭。她问她自己：你是不情愿离开这美丽的蛤蟆滩，到大城市里去参加国家工业化吗？她心里想去呀！对于一个向往着社会主义的青年团员，没有比参加工业化更理想的了。听说许多军队干部和地方干部，都转向工业。参加工业已经变成一种时尚了。工人阶级的光荣也吸引着改霞。一九五一年和一九五二年，西安的工厂到县里来招人，愿去的还少，需要动员。但是一九五三年不同了，"社会主义"已经代替"土地革命"，变成汤河流域谈论的新名词。下堡小学多少年龄大的女生，都打主意去考工厂了。她们有一部分人，谈论着前两年住了工厂的女同学所介绍的城市生活：吃的什么、穿的什么、住的什么、用的什么、看

[①] 毛泽东：《大量吸收知识分子》，《毛泽东选集》第二卷，第619—620页。

的什么……团支部委员改霞从旁听见,扁扁嘴,耸着鼻子,鄙弃这些富裕中农的姑娘。她们要多俗气有多俗气,尽想着"楼上楼下,电灯电话!"①

一九五〇年冬天进城来,改霞是上千青年积极分子之一,充满了光荣的感觉。一九五三年春天,她又一次进城,却置身于成千不安心农村的闺女里头。当然,细究起来,根根由由是很复杂的。这回考工厂,并不完全出于她自己的心愿,多一半是被人鼓动的。开头,她犹豫、勉强,后来和生宝没有谈到一块,她才坚定下来了。哎!……现在,不管她自己感觉,或者给旁人的印象,都是她不安心农村了。她似乎是追求工资奉养寡母的农村闺女,她似乎是很希望嫁给一个城市生活的小伙子。结婚对她,似乎只不过是每月几十块人民币、一双红皮鞋和一条时髦的灯芯绒窄腿裤子的集中表现而已。②

农村知识分子问题在此后的文学中引发了持久的回响。但在《三里湾》中,马有翼、范灵芝这样的中学毕业生,回到农村当"扫盲教员",他们对城市并没有太多的兴趣,城市的生活环境、物质条件等,似乎从来没有勾起过他们的向往。当然,现代教育仍然塑造了范灵芝的情感结构,比如在婚恋问题上,仍然倾向于接受过初中教育的马有翼。

在合作化小说中,国家进入乡村的另一有力中介是技术型知识分子。在《山乡巨变》开头,介绍邓秀梅说她:"政治水平不弱于一般县委,语文知识也有初中程度了。她能记笔记,做总结,打汇报,写情书……只是由于算术不高明,她的汇报里的数目字、百分

---

① 柳青:《创业史》,第183—184页。
② 同上书,第338页。

比，有时不见得十分精确。"① 可见，此时国家对干部的要求，不仅要靠政治觉悟，而且还要掌握文化知识和生产知识。《创业史》中的代表是农技员韩培生。小说写道："他决定把注意力主要放在他和欢喜共同培育的新式秧田上。他严格地掌握排水时间和次数，彻底干净地拔除杂草，不让秧床上生起指甲盖大的一片青苔。同时，他时时牢记着上级的指示：'要克服单纯推广农业新技术的倾向，要帮助做点巩固和提高互助组的工作'。"② 最值得注意的是，在小说中，农技员韩培生不只是一个文学符号，而实实在在参与到农业合作化当中："农技员告诉欢喜：每天到秧子地里来一回，用一根细竹竿子，轻轻地拂一拂秧苗。要是从秧苗里头有一种小蛾飞出来的话，那就要在飞出小蛾的地方仔细检查，把产在秧苗叶尖上的虫卵，用手轻轻地剥去。至于虫卵的形状、大小、它的褐色保护毛，韩培生接着玻璃盒子里的标本，早已给欢喜讲解过了。"③ 欢喜向技术员学技术，其承载了农村社会主义建设的路径规划。

相比较而言，《三里湾》中国家的形象比较模糊，很少看到现代因素对乡村的巨大冲击。在赵树理眼中，如果知识分子的知识更多来自生活经验，便更为可贵，小说中更看重王金生的父亲"万保全"、王申老汉和王玉生这样的乡村技术员。在《三里湾》开头，赵树理写道：

> 他们两人都爱好器具。万保全常说："家伙不得劲了，只想隔着院墙扔出去。"使不得要是借用别人的什么家伙，也是一边用着一边说"使不得，使不得"。动着匠人活儿，他们的

---

① 周立波：《山乡巨变》，第6页。
② 柳青：《创业史》，第363—364页。
③ 同上书，第379页。

器具都不全，不过他们会想些巧法子对付。像万保全这会打铁用的器具，就有四件是对付用的：第一件是风箱，原是做饭用的半大风箱。第二件是火炉，是在一个破铁锅里糊了些泥做成的。第三件是砧，是一截树根上镶了个扁平的大秤坠子。第四件是小锤，是用个斧头来顶替的——所以打铁的响声不是"叮当叮当"而是"踢通踢通"。这些东西看起来不相称，用起来可也很得劲。①

可见，赵树理更看重的是乡村生活中有用的知识或技术。《三里湾》中的外来干部何科长只是参观者，既不宣传党和国家的精神和政策，也不具体指导办社的方法或者解决具体问题，对王玉生提出的促进生产方法，何科长却说："这个青年的脑筋真管用，好多地方暗合科学道理！以后可以派县农场的同志们帮他每年都作一点这种试验，慢慢就可以把哪一个谷种，最适宜种在什么土壤上、用什么肥料、留多少苗、什么时候下种、什么时候施哪一种肥……都摸一下底。农业专家做试验也常要用这种办法，不过他们的知识和仪器都更精密一点罢了。"② 关于技术的描述，可见赵树理关于农业合作化途径的想象。

最有意味的是，在婚姻的选择中，范灵芝在中学生马有翼和农村技术员王玉生之间不断摇摆、犹豫，但她最终仍选择了王玉生。范灵芝的具体心理过程是：

才要打主意，又想到没有文化这一点，接着又由"文化"想到了有翼，最后又想到自己，才发现自己对"文化"这一点

---

① 赵树理：《三里湾》，《赵树理全集》第四卷，第171页。
② 同上书，第228页。

的看法一向就不正确。她想:"一个有文化的人应该比没文化的人做出更多的事来,可是玉生创造了许多别人做不出的成绩,有翼这个有文化的又做了点什么呢?不用提有翼,自己又做了些什么呢?况且自己又只上了几年初中,学来的那一点知识还只会练习着玩玩,才教了人家玉生个头儿,人家马上就应用到正事上去了:这究竟证明是谁行谁不行呢?人家要请自己当个文化教师,还不是用不了三年工夫就会把自己这一点点小玩意儿都学光了吗?再不要小看人家!自己又有多少文化呢?就算自己是个大学毕业生,没有把文化用到正事上,也应该说还比人家玉生差得多!"这么一想,才丢掉了自己过去那点虚骄之气,着实考虑起丢开有翼转向玉生的问题来。①

小说从灵芝的心理活动中,呈现出"技术"对"文化"的克服,其隐喻意味是极其明显的。赵树理在一篇文章中谈到《三里湾》没有写入的情节,即:"其他两对婚姻,虽然早已伏下因素,但也准备到第四部分完成——即写过开渠之后——再写到玉生和灵芝去城里受训,玉生参加技术培训班,灵芝参加会计培训班,他们在学习期间互相帮助,渐渐产生了感情。"② 技术培训和会计培训的情节设置,包含着赵树理对农业合作化中现代知识的认可和接纳。

在现代国家建设中,市场是不容忽视的因素。中国乡村经济依托于集贸市场,实则有着悠久的传统。研究者指出:"1949年前,许多农民为家境所迫,到县外的空间求生。而经过土改和集体化后,特别是实行户籍制度以来,农民的日常生活空间集中到了基层空间,聚落和村落构成了村社模式的空间基础,而以集镇为中心的

---

① 赵树理:《三里湾》,《赵树理全集》第四卷,第316—317页。
② 赵树理:《谈〈花好月圆〉》,《赵树理全集》第五卷,第19页。

市场圈成为物质交换的空间。"① 而在城乡贸易中，小贩扮演了重要的角色，按照费孝通的说法："小贩卖的货可以是他们自己制作的，也可能是从市场上零买来的。大多数不固定的小贩出售他们自己的产品，他们来自他村，不是来自城镇。这是一种城镇外的村际分散性的贸易活动。"② 范登高在村里做小买卖，是个小贩，但是，小说中对范登高做小买卖的行为持批判态度：一方面，其很容易让人想起东家伙计的剥削关系，另一方面，主要是可能引起新的贫富分化，这并不符合中共的革命理念。

在合作化小说中，市场并非叙事的中心，但我们仍然能够感到其强大的在场。由于工业化的发展，粮食出现紧缺，论者指出："问题是从工业化引起的。工业的发展，城镇和工矿区的发展，种植工业原料作物的农业地区和农户的增加，急剧扩大了对商品粮食的需求量。而当时小农经济增加生产和提高商品率的能力显得很有限，在粮食供应不足的情况下，小农余粮户又有待价惜售心理，特别是私人粮商粮贩借此机会企图操纵粮食市场，投机活动猖獗，使粮食问题日趋严重。"③ 因此，《创业史》中，富农郭世富去卖粮，看到"站长要求粮商不要抬高粮价，警告商人们不要藐视国营粮食公司的牌价，说那并不是一种装饰品，挂在公司门口图好看的……站长最后非常庄严地声明：任何阶级的人，不要把自己的特殊利益摆在国家利益上边去。他说：要弄清楚这是人民的国家，不是以前的那个官僚资本的国家了"④。对于商业活动，柳青在小说中发议论道："这里的一切活动都是欺骗和罪恶啊！损人利己、损公

---

① 应星：《农户、集体与国家：国家与农民关系的六十年变迁》，中国社会科学出版社2014年版，第46页。
② 费孝通：《江村经济》，第185页。
③ 胡绳主编：《中国共产党的七十年》，第280页。
④ 柳青：《创业史》，第353页。

利私的行为,在这里都被商业术语,改装成'高尚的'事业了。穷庄稼人在粮食零售市场上,几升几升或一斗一斗地买粗杂粮糊口,他们从这里找不到乐趣。这里给他们经常准备着苦恼!可恨的人们!党指示'活跃农村借贷'的时候,你们装穷装得多像。现在,你们粜粮食的时候好富啊,你们把细粮粜给粮客,去剥削城市里广大的靠工资过活的工人家属。你们的心好黑!"① 显然,柳青的叙述有着整体性的国家视野,对城乡经济关系做了深刻的揭示。而在《三里湾》中,主要描写了牲口市场:"牲口市场在集市的尽头接近河滩的地方,是个空场上钉了些木桩,拉着几根大绳,大绳上拴着些牛、驴、骡、马。进了场的人,眼睛溜着一行一行的牲口;卖主们都瞪着眼睛注意着走过自己牲口跟前的人们;牙行们大声夸赞着牲口的好处,一个个忙乱着扳着牲口嘴唇看口齿,摸着买卖各方的袖口搞价钱。"② 赵树理描绘的是富有生活气息的画面,不过,显得过于平面,因而,对李林虎这样倒卖牲口的投机分子,最终也是送到法院了事,似乎未曾注意到经济背后的深层问题。

需要特别讨论的是,新中国成立初期,对市场并非完全排斥,一方面,旧有的乡村经济运转不可能完全中止,另一方面,合作化的出路之一就是发展经济。《创业史》中举了一个典范:"北原那边漉河川的大王村,以王宗济农业合作社为骨干,全村的互助组和窦堡区供销社订了一万把扫帚的合同,全村六十个劳力进山,仅仅一个多月工夫,就要赚回五千块钱。不光全村的口粮,换季的布匹不成问题,稻地用的皮渣、油渣、化肥,都已经订好货了。县、区、乡各级干部走进大王村,看不见一户贫雇农衣服破烂,或者为

---

① 柳青:《创业史》,第 356 页。
② 赵树理:《三里湾》,《赵树理全集》第四卷,第 350—351 页。

生活困难和生产困难愁眉不展，只见全村男女老少都忙生产。"① 这种集体经济在当时是许可的，而且是国家积极支持的。梁生宝等人到终南山伐竹子，就是要解决贫困户的经济问题。在《三里湾》中，农业合作化同样包含有"副业收入"，小说写道："张信说：'那二亩是社的试验地，由玉生掌握，一会咱们可以去看看！'老梁问：'你们的社扩大以后，是不是可以种它五十亩呢！'王兴说：'不行！这里离镇上远一点，只能卖到东西山上没有水地的山庄上，再多种就卖不出去了。'"② 此处不难看出赵树理对乡村经济合乎实际的估计，但也投射出了自给自足式的乡村理想。

总的来看，《三里湾》是一部深入揭示乡村问题的小说，揭示出了合作化运动中乡村变革的深层肌理。在这一过程中，城乡关系及其相关问题逐渐浮出水面。相比较而言，柳青的《创业史》更多地带入了国家的视野，有着整体性的关照，而《三里湾》中，国家的影子时隐时现，其力度、作用等相对比较弱，其中透露出的正是赵树理乡村本位的设想。

第三节　户、集体与国家

在另一个场合，赵树理介绍了《三里湾》的写作动机："我是感到有一个问题需要解决，就是农业合作社应不应该扩大，对有资本主义思想的人，和对扩大农业社有抵触的人，应该怎样批评。因为当时有些地方正在收缩农业社，但我觉得社还是应该扩大，于是写了这篇小说。"③ 提到"有资本主义思想的人"，人们最容易想到

---

① 柳青：《创业史》，第168页。
② 赵树理：《三里湾》，《赵树理全集》第四卷，第227页。
③ 赵树理：《当前创作中的几个问题》，《赵树理全集》第五卷，第303页。

范登高、郭振山这样的党员干部，事实上，这些人还应当包括富农和中农，以及普通群众。对待党员干部，无论是意识形态说服，还是政策上的强制规定，基本都能有效地解决问题。只是，如何对待群众中那些"有资本主义思想的人"，一直是中共乡村革命面临的棘手难题。

在《三里湾》中，王金生给玉梅讲三里湾里各户的情况："这些户，第一种是翻身户，第二、三、四种也有翻身户，也有老中农，不过他们有个共同的特点就是对农业生产合作社不热心——多数没有参加，少数参加了的也不积极。地多、地好的户既然参加社的不多，那么按全村人口计算土地和产量的平均数，社里自然要显得人多，地少、地不好了。这些户虽说还不愿入社，可是大部分都参加在常年的互助组里，有些还是组长、副组长。他们为了怕担落后之名，有些人除自己不愿入社不算，还劝他们组里的组员们也不要入社。"① 这段话中，户是一个极其重要的概念。研究者指出："户是农村经济生产与再生产的基本单位"②，同时户也是基本的生活单位。按照贺桂梅的说法，在"国家管理"与"乡村礼俗"之间，触及的层面很多，关系也极其微妙："如果说三里湾村是这样一个'圈'式结构性主体，那么它与新时代的'社会主义建设和社会主义改造'之间，就不是被动地接受改造，或中空式地进入国家机制的关系，而存在一种基于自身传统的、而与主导性的社会主义革命发生意义交换的独特方式。"③ 就此而言，共和国时期的户和五四时期关于"家"的文学叙事，存在着根本性的区别。

---

① 赵树理：《三里湾》，《赵树理全集》第四卷，第174—177页。
② ［美］朱爱岚：《中国北方村落的社会性别与权力》，胡玉坤译，江苏人民出版社2010年版，第90页。
③ 贺桂梅：《〈三里湾〉与赵树理的乡村乌托邦书写》，贺桂梅：《赵树理文学与乡土中国现代性》，第184页。

关于家的文学叙述，最不可错过的要数巴金的描述：

《秋》里面写的就是高家飘落的路，高家的飘落的时候。高家好比一棵落叶树，一到秋天叶子开始变黄变枯，一片一片地从枝上落下，最后只剩下光秃的树枝和树身。这种落叶树，有些根扎得不深，有些根扎得深，却被虫吃空了树干，也有些树会被台风连根拔起，那么树叶落尽以后，树也就渐渐死亡……高家这棵树在落光叶子以后就会逐渐枯死。琴说过"秋天来了，春天会来……到了明年，树上不是一样地盖满绿叶"的话。这是像她这样的年轻人的看法。琴永远乐观，而且有理由乐观。她绝不会像一片枯叶随风飘零，她也不会枯死。觉民也是如此。但是他们必须脱离枯树。而且也一定会脱离枯树（高家）。①

家在这里被巴金比喻为会逐渐枯死的老树，而年轻人只有脱离了枯树（高家），才"不会像一片枯叶随风飘零"。巴金"激流三部曲"的锋芒所指，正是中国旧家族的罪恶。在巴金的作品中，叙事并不占据核心位置，真正激动一代甚至几代青年的心的，是关于旧家族的大段的抒情式（也是独白式）的控诉，以及那让人为之触目惊心的比喻意象，如枯树、枯叶等。巴金的小说正是以这一有力的抒情体式和比喻意象宣告了大家族的罪状及其必然衰败的命运。然而，黄子平对于巴金的家族书写作了另样的解读，他提出："至此，我们依然对建基于近百年来的'启蒙神话'而作的命运二分法，引发其内含的重重矛盾和抗辩对诘的嘈杂声音。二分法所遇到的最大挑战，启示就聚焦于《家》《春》《秋》全书的人物，大

---

① 巴金:《谈〈秋〉》，引自《巴金专集》1，江苏人民出版社1981年版，第423年。

哥觉新身上……正是在这里，父子冲突、黑暗光明的二项分立、两种不同命运的搏斗等显得最为晦暗不明。"① 毫无疑问，巴金是在黑白分明的思想背景中，对旧家族展开了批判。

相比之下，赵树理并不是在二项分立的关系中展开家庭故事，也没有以类似觉新这样的人物来表征家庭关系中晦暗不明的角落。赵树理笔下的农村家庭不单是一个文学意象，其本身就是实在的生活空间。中国的农村家庭既是生产单位，又是生活单位：前者包含了财产权、劳动分工、成果分配等，而后者包含了父母子女关系、夫妻关系、婆媳关系等。在三里湾，人们生产、生活主要依托的并非现代意义上的核心家庭，而是以户作为基本单位。事实上，传统乡村中核心家庭很少，大多都是联合家庭，即父母和多个已婚子女、未婚子女一起生活的家庭形态。因此，在王金生那段话中，透露出不少重要的信息：

首先，翻身户和老中农不愿入社，主要和他们经济状况有关，一般来说，他们"地多、地好"，拥有比较充裕的劳动力和相对完备的生产工具，因此，他们大致可以独立完成生产，并有着相对自足的生活空间。《创业史》中的中农郭世富，有心和梁生宝的互助组一较高下，小说描述其心理活动道："嘿嘿！咱两个较量较量！看你小伙子能，还是我老汉能！嘿嘿！咱两个较量较量！你小伙子能跑？你好好跑吧！我就是走得慢！走得慢，心里也想把你跑得快的小伙子赛过去哩！日头照你互助组的庄稼，可也照我单干户的庄稼哩。你互助组地里下雨，我单干户庄稼也下雨哩！共产党偏向你，日月星辰、雨露风霜不向你。天照应人！"② 抛开作品中的批判意味，其形象地写出了富农中农的心理。

---

① 黄子平：《"灰阑"中的叙述》，上海文艺出版社2001年版，第149—150页。
② 柳青：《创业史》，第358页。

其次，这些户并非完全拒绝合作生产，而是有自己的劳动互助组织，只是这种合作很大程度上是"强强联合"的模式。按照舒尔曼的说法："在现存乡村社会组织的基础上建立合作社，不是轻而易举的事。传统的劳动协作是靠亲戚朋友关系来维持的，外来者（党的干部）很难置身其间。而且传统的劳动协作往往由富农和中农说了算。"① 当然，合作也和风俗、人情及伦理等密切相关。在《三里湾》中，王申老汉的合作设想是："老弟！你说得对！咱老弟兄俩，再加上你玉生，怎么合作都行；要说别人呀，我实在不愿意跟他们搅在一块儿做活！玉梅说：'那你为什么还让接喜哥参加互助组？'王申老汉说：'下滩那五亩地由他去瞎撞，山上的十亩不许他乱搅！'"② 这里的合作立足于乡村社会的家庭关系、邻里关系，也由于这一点，他们对合作化的集体持保留态度。

最后，更重要的是，国家、集体的政策最终都要以户为中介对接。如何处理家庭问题，在中国革命中曾经引起过争议。1944年8月，毛泽东在给秦邦宪的信中，关于改造家庭做了比较深刻的阐述，即"农民的家庭是必然要破坏的，进军队、进工厂就是一个大破坏，就是纷纷'走出家庭'。实际上，我们是提倡'走出家庭'与'巩固家庭'的两重政策。扩军、归队、招工人、招学生（这后二项将来必多）、移民、出外做革命工作、找其他职业等等，都是提倡走出家庭，这个数目，在现在敌后战场是很大的，在战后也将是很大的。"毛泽东还特别强调："没有社会活动（战争、工厂、减租、变工队等），家庭是不可能改造的。"③ 这是毛泽东关于改造家庭最集中、最具代表性的表述，而农业合作化的实践正是改造家

---

① 转引自[美]马克·赛尔登《革命中的中国：延安道路》，第235页。
② 赵树理：《三里湾》，《赵树理全集》第四卷，第172页。
③ 毛泽东：《给秦邦宪的信》，《毛泽东文集》第三卷，第206—207页。

庭的重要契机。在《三里湾》中，户有着两个重要维度：对外而言，所有的政治动员、社会活动等，大都要以它为中介；对内来说，各个成员的角色、分工等，都有约定俗成的规范。

在许多时候，国家、集体和户之间的关系比较和谐，但在某些问题上，几者又不断产生摩擦、冲突。正是通过户这一中介，赵树理进入到乡村的肌理当中，而随着这一视角，可以看到乡村的深层问题。在《三里湾》开头，通过玉梅介绍了大家庭的情况，可以看到户的基本空间分布：

> 她的家靠着西山跟，大门朝东开，院子是个长条形，南北长西东短；西边是就着土崖挖成的一排四孔土窑，门面和窑孔里又都是用砖镶过的，南边有个小三间南房，从前喂过驴，自从本年春天把驴入了合作社，这房子就闲起来，最近因为玉梅的二哥玉生和她大哥金生分了家，临时在里边做饭；北边也有个小三间，原来是厨房，现在还是厨房；东边，大门在中间，大门的南北各有一座小房，因为房间太浅，不好住人，只是用它囤一囤粮食，放一放农具、家具。西边这四孔窑，从南往北数，第一孔叫"南窑"，住的是玉生和他媳妇袁小俊；第二孔叫"中窑"，金生两口子和他们的三个孩子住在里边；第三孔叫"北窑"，他们的父亲母亲住在里边；第四孔叫"套窑"，只有个大窗户，没有通外边的门，和北窑走的是一个门，进了北窑再进一个小门才能到里边，玉梅就住在这个套窑里。[①]

事实上，联合家庭的日常运行更为复杂。在万宝全家里，除了老伴，两个儿子金生玉生都已经成家，还有未成婚的女儿玉梅。家

---

① 赵树理：《三里湾》，《赵树理全集》第四卷，第169—170页。

庭的主要矛盾是在玉生和小俊小两口之间，焦点是：其一，小俊受母亲"能不够"的撺掇，结婚不久，就不愿承担大家庭的家务，比如给父母小孩做衣服、轮流做饭等，因此提出离婚；其二，在夫妻之间，玉生一心扑在合作社的技术发明上，顾不上处理家务，小俊希望能过小日子；其三，金生是干部，怕影响不好，因此开始不同意玉生分家。矛盾的背后，实际上牵涉到农村户的内部关系。"能不够"挑唆女儿小俊和大哥金生分家，小说写道，小俊回去后，

> 给玉生说："我伺候不了你们这一大家！你跟大哥说说咱们分出来过！"玉生说："我们这一大家，除了小孩们都是参加生产的！说不上是谁来伺候谁！""生产的东西又不是给了我，轮着我做饭可是得做一大锅！""生产东西没有给你，难道你吃的穿的都是天上飞来的？""我也不愿意沾他们的光！""你愿意分，光把你分出去，我是不愿分出去过的！"①

不难看出，玉生和小俊的分歧，固然是家庭中儿子和儿媳角色的不同，但更重要的，两人对大家庭和集体的态度有很大差别。关于这一点，范灵芝的感觉又有不同。范灵芝是初中生，回到农村当了扫盲教员，在选择对象上，最开始看重的是读过中学的马有翼，但在各种矛盾当中，看到了王玉生大家庭一起劳动的欢快、有趣的场面，小说写道：

> 灵芝走到金生家的院子里，见玉生和宝全老汉在院里试验着一个东西。这东西，猛一看像一副盖子朝下的木头蒸笼安在个食盒架子上，又用滑车吊在个比篮球的篮架矮一点的高架子

---

① 赵树理：《三里湾》，《赵树理全集》第四卷，第182页。

上。这是玉生父子俩在两天内做成的新斗,可以一次装满一口袋。他们先把口袋口套在像笼盖的那个尖底漏斗上,往地上一放,像食盒架子下面的腿和这漏斗一齐挨了地,然后把一口袋谷子装到这副蒸笼样子的家伙里,把绳子一拉吊起去,一个人随手扶住口袋,谷子便漏到口袋里来。在周围看的人,除了金生、金生媳妇、宝全老婆、玉梅、青苗、黎明、大胜——他们一家子外,还有几个党、团支委和临时宣传小组组长。当玉生拉起绳子,谷子溜满了口袋,宝全老汉把套在底上的口袋口卸下来的时候,大家都喊"成功了,成功了"。灵芝想:"这些人就是有两下子!"她见这个家伙下半截连在一起,上半截却是几个圈子叠起来,便问:"为什么不一齐连起来呢?"玉生说:"这六道圈子每一道是一斗,下边是五斗,一共一石一斗,谁该少得一斗去一道圈。""为什么不凑成一石的整数呢?""因为社里的口袋,最大的只能盛一石一斗。""五斗以下的怎么办呢?""五斗以下用小斗找补!"[①]

显而易见,这是一个细致但略显烦琐的场景,小说接着写道:"金生说:'咱们开会吧!'大家散了。玉生和宝全老汉收拾工具。金生媳妇和婆婆打扫院里撒下的谷子。灵芝看到人家这一家子的生活趣味,想到自己的父亲在家里摆个零货摊子,和赶骡子的小聚吵个架,钻头觅缝弄个钱,摆个有权力的架子……觉得实在比不得,她恨她自己不生在这个家里。"[②] 在这里,和谐、友善的联合家庭,是赵树理所希望看到的,他也愿意青年人生活在这样的家庭当中。

作为善于发现问题的作家,赵树理对户的态度并非绝对支持或

[①] 赵树理:《三里湾》,《赵树理全集》第四卷,第281—282页。
[②] 同上书,第282页。

反对，而是有着自己的标准：一方面是否支持互助合作事业；另一方面，在家庭关系中，生活得是否舒心。真正让人无法容忍的是马多寿的家庭，赵树理用不无讽刺的口吻写了马家院的情况：

> 马家的规矩与别家不同：三里湾是个老解放区，自从经过土改，根本没有小偷，有好多院子根本没有大门，就是有大门的，也不过到了睡觉时候，把搭子扣上防个狼，只有马多寿家把关锁门户看得特别重要——只要天一黑，不论有几口人还没有回来，总得先把门搭子扣上，然后回来一个开一次，等到最后的一个回来以后，负责开门的人须得把上下两道栓关好，再上上碗口粗的腰栓，打上个像道士帽样子的木楔子，顶上个连梢柚刨起来的顶门杈。又因为他们家里和外边的往来不多——除了他们互助组的几户和袁天成家的人，别人一年半载也不到他家去一次，把个大黄狗养成了个古怪的脾气，特别好咬人——除见了互助组和袁天成家的人不咬外，可以说是见谁咬谁。①

这样的家庭环境里，生活并不舒心，小说中写到一个细节："晚上，马有余到十点来钟散了会回来叫门，叫了很大一会没有人来开。在从前，开门这个差使是菊英的，现在菊英分出去了，不管了。常有理已经睡下了，不想再起来穿衣服；糊涂涂虽然心里有事睡不着，只是上了几岁年纪，半夜三更更不想磕磕撞撞出来活动，况且使唤惯了孩子们，也有点懒，只是坐在炕沿上叫有翼。惹不起是时时刻刻使刁的女人，听见糊涂涂叫有翼，自然就觉得不干己

---

① 赵树理：《三里湾》，《赵树理全集》第四卷，第192—193页。

事。有翼本来没有睡，不过这几天和常有理怄气，故意不出来。"①可以看出，一点小事都可能引起摩擦、争执。

菊英是马家的儿媳，由于丈夫参军，在大家庭里过得很不如意，生活困难也很多。小说写了菊英给金生媳妇诉苦的情景：

> 她说："大嫂呀！我看小俊也是放着福不会享！你们那家里不论什么时候都是一心一腹的——也不论公公、婆婆、弟兄们、小姑子，忙起来大家忙，吃起来大家吃，穿起来大家穿，谁也不偏这个不为那个。在那样的家里活一辈子多么顺气呀！我这辈子不知道为什么偏逢上了那么一家人！"金生媳妇说："也不要那么想！十根指头不能一般齐！你说了我家那么多的好，一个小俊就能搅得人每天不得安生。谁家的锅碗还能没有个厮碰的时候？你们家的好人也不少嘛！有县干部、有志愿军、有中学生，你和你们老四又都是团员，还不都是好人吗？"菊英说："远水不解近渴。这些人没有一个在家里掌权的，掌权的人还是按照祖辈相传的老古规办事。就说穿衣裳吧：咱们村自从有了互助组以后，青年妇女们凡是干得了地里活的人，谁还愿意去织那连饭钱也赶不出来的小机布呢？可是我们家里还是照他们的老古规，一年只给我五斤棉花，不管穿衣裳。"金生媳妇说："你大嫂也是吗？"菊英说："表面上自然也是，只是人家的男人有权，也没有见人家织过一寸布，可不缺布穿，发给人家的棉花都填了被子。""你没有问过她吗？""不问人家人家还成天找碴儿哩！就是要我织布我又不是不会，可是人家又不给我留下织布的工夫——我大嫂一天抱着个遮羞板孩子不放手，把碾磨上、锅灶上和家里扫扫摸摸的杂活一齐推

---

① 赵树理：《三里湾》，《赵树理全集》第四卷，第309页。

在我身上,不用说织布,磨透了鞋后跟,要是不到娘家去,也做不上一对新的;衣裳脏成抹灰布也顾不上洗一洗、补一补。冬夏两季住两次娘家,每一次都得拿上材料给他们做两对大厚鞋——公公一对,老四一对。做做这两对鞋,再给我自己和我玲玲做做衣裳、鞋袜,再洗补一下旧的,就得又回这里来了。就那样人家还说:'娶了个媳妇不沾家,光在娘家躲自在'哩!""那么你穿的布还是娘家贴吗?""不贴怎么办?谁叫他们养下我这么一个赔钱货呢?赔了钱人家也不领情。我婆婆对着我,常常故意和别人说:'受屈活该!谁叫她把她的汉糊弄走了呢?'"①

这里可以看到户内部的复杂性:首先,菊英的丈夫到部队了,在家里就比较弱势,因此,碾盘上、锅灶上的杂活都得自己干;其次,由于家里仍是按照"祖辈相传的老古规办事",菊英虽然是村干部,仍没有什么发言权;再次,菊英参加了合作社的劳动,但家务负担仍没有减轻;最后,马多寿夫妇更看重的是自己的实际利益,对于儿子参军,并不完全支持。在这些问题上,赵树理确实切入了户内部的细微矛盾,揭示出了落后农民的意识、观念,以及复杂的家庭关系。在这样封闭的家庭里,许多矛盾根本没有办法解决。其中感情问题尤为麻烦,如《登记》中,张木匠对小飞蛾,就是通过暴力方式来解决情感上的问题。

在《创业史》中,也有类似的情节。素芳和王瞎子的儿子栓栓结婚,两人不般配,小说写道:"这媳妇眼角灵动,口齿又利,全不像栓栓迟钝、迂缓。刚愎自用的直杠公公断定:要不是解放前娶过来以后,由他指导着,由老婆帮助着,让栓栓用顶门棍,有计划

---

① 赵树理:《三里湾》,《赵树理全集》第四卷,第240—242页。

地捣过几回,素芳是不会在这草棚屋规规矩矩过光景的。王二直杠有一个普遍的'真理',再调皮的驾辕骡子,多坏几根皮鞭子,自然就老实了,何况比骡子千倍懂话的人呢。他认为这事做得天公地道!"① 这显然是违背情理的习惯风俗,但却很难用政治革命的方式来解决。而且,王瞎子坚决反对儿媳素芳参加社会活动:"解放后,直杠公公连一次也不让她参加群众会、妇女会和其他社会活动。不让就是不让!看他谁能把一个七十几岁的瞎子怎么办?要是这个代表或那个组长,一定要叫素芳去开会的话,他或她,就得拿棍子,先把王老二几下子打死,然后叫素芳去开会好哩!倚老卖老就倚老卖老!他还能在世上活七十几吗?"②

《三里湾》写了两个类型的家庭:万宝全家是各种关系都和谐无间,王玉生的媳妇小俊不和谐只能离婚。马多寿家则问题很多,马多寿的老婆"常有理"和媳妇菊英不和、不支持马有翼参加集体活动,甚至反对他的婚姻选择。赵树理提出的核心问题是,作为生产单位和生活单位的户,如果是不合情理的,那是必须要面对并解决的。不过,在赵树理这里,推动这些问题解决的力量,不完全来自国家、意识形态等,而是来自乡村社会的人情人心,而合作化的意义在于,为青年提供了新的共同体想象和生活可能。

当然,合作化也引发了家庭内部的分歧和矛盾,具体到文学中,尤其集中表现为代际冲突。比如,马有翼就在集体和家庭之间左右为难,由于"有面没面"的风波中有翼没有站在母亲常有理一边,常有理大骂有翼:"你总得给我说清楚你是吃饭长大的呀,还是吃屎长大的?青年团是不是你的爹妈?"③ 事实上,通过合作化,

---

① 柳青:《创业史》,第234页。
② 同上。
③ 赵树理:《三里湾》,《赵树理全集》第四卷,第260页。

许多青年的问题得到了解决。在这里，赵树理关注的仍然是政党政治如何通过合作化等多重中介，构建合乎情理的乡村世界。

在赵树理小说中，合作化的合理性主要是通过建立了新的家庭关系而确立的。小说中借助范灵芝的想法比较了王玉生和马有翼的家庭，并做出自己的婚姻选择，小说写道："为了证明她自己的决定正确，她睡到被子里又把玉生和有翼的家庭也比了一下：玉生家里是能干的爹、慈祥的妈、共产党员的哥哥、任劳任怨的嫂子；有翼家里是糊涂涂爹、常有理妈、铁算盘哥哥、惹不起嫂嫂。玉生住的南窑四面八方都是材料、模型、工具，特别是垫过她一下的板凳、碰过她头的小锯；有翼东南小房是黑咕隆咚的窗户、仓、缸、箱、筐。玉生家的院子里，常来常往的人是党、团、行政、群众团体的干部、同事。常做的事是谈村社的大计、开会、试验；有翼家的院子里，常来常往的人是他的能不够的姨姨、老牙行舅舅，做的事是关大门、圈黄狗、吊红布、抵抗进步、斗小心眼、虐待媳妇、禁闭孩子……"① 范灵芝是村里的青年团员，她对婚姻选择中透露出来的理想家庭观念也大可看出赵树理对新型的农村家庭的想象。

在户内部的矛盾关系中，赵树理态度很明确：支持年轻一代走出旧家庭、支持年轻媳妇反对恶婆婆，支持合理的家庭关系；而且，这一关系与合作化运动的进程构成相呼应。赵树理认为合作化为家庭矛盾的解决提供了有力的中介。不过，这一改造不是通过革命政治实践完成的，其基本的层面是一个有待改善的情理世界，要而言之，就是移风易俗。这一视角还有另一重意味，那就是合作化运动的合理性不仅建立在国家建设和政治治理的基础之上，而是建立在民间礼法和风俗的基础之上。赵树理不同于政党知识分子的一面，使得作家在更为细微的层面上与旧人物展开对话，同时，合作

---

① 赵树理：《三里湾》，《赵树理全集》第四卷，第317页。

化运动的必然性和合理性也在这一叙事过程中展开。可以看出，《三里湾》中所隐含的某种基调：旧的不合理的家庭组织要改造，但应当合情合理，青年一代实现爱情、成就美满的婚姻更多地依赖于合作社提供的新的生产生活空间。这一生产生活空间在赵树理笔下是美好、和谐的。

正由于此，《三里湾》的态度是乐观的，笔调也显得轻快欢愉。落实在叙事层面，我们就会发现，作者使用了大量的趣笔，勾画出一些场景，让人看到有趣的乡村即景，这也为合作化的合理性提供了有力的支撑。如小说"天成革命"一节中提到，天成老汉因为打晚熟的谷子没有帮手，还要受老婆能不够的气，气恼之下，就到村公所闹离婚，又翻出了玉生和小俊离婚，而小俊和马有翼的婚事又没有谈成的旧账，小说写道：

> 天成接着说："你鼻子、嘴都不跟我通一通风，和你那常有理姐姐，用三十年前的老臭办法给孩子们包揽亲事，如今话也展直了，礼物也过了，风声也传出去了，可是人家有翼顶回来了，我看你把你的老脸钻到哪个老鼠窟窿去？"能不够说："我的爹！你少说几句好不好？对着人家满喜尽说这些事干吗呀？"天成说："你还嫌臊吗？'要想人不知，除非己不为'！满喜要比你我都知道得早！"满喜说："算了算了！话说知了算拉倒！从前错了，以后往对处来！咱们大家休息休息，还是去收拾场里的谷子吧！"天成说："不行！还不到底！"能不够说："你不论说什么都由你一个人说，我一句也没有打你的岔，难道还不到底吗？我的爹！怎样才能到底呢？"天成说："怎么样？听我的：明年按社章留自留地，把多余的地入到社里去；你和小俊两个人当下就跟我参加劳动，先叫你们来个'劳动改造'，以后学人家别的妇女们参加到社里做工去！要你们参加

开会、参加学文化,慢慢都学得当个'人',再不许锻炼那一套吵架、骂人、搅家、怄气的鬼本领!你听明白了没有?一条一条都照我说的这样来,咱们才能算到底;哪一条不答应,都得趁早散伙!"①

将家庭内部的争执引向土地入社,甚至让自己的老婆和女儿参加劳动,并学得"当个人",很难说这是袁天成自己的思想,只是赵树理在这里却将这一层面的问题和合作化叙事联系了起来。

赵树理对于合作化之后以户为中心的生产关系和部分农民的心理变化做了持续性的思考,在杜国景发现的赵树理的佚作《进入高级社　日子怎么过》②里,赵树理不厌其烦而不无忧虑地指出基本生产资料集体所有制后部分社员"靠社生活"的落后思想,甚至"越位"到基层管理者的视角,指导起如何过日子的计划制定,"人口多的户,过去就常常要比别人节约一点,现在还应该维持那种过法,收入提高了,生活只可以向自己的过去比,不要向其他人口少的户比。凡是靠支借过日子的户,都应该做个比较长期的节约计划,争取到和其他中农水平的户一样,本年开支的是上年的收入。"这篇文章中,赵树理注意到个人与集体之间存在的问题,也便显出在集体与国家之间的摇摆性,这也为20世纪50年代后期作家本人的创作困境埋下了伏笔。

有学者已经深入讨论了赵树理理想的合作化形态与中国传统乡村的密切关联。洪子诚指出:"'乡土社会'内部自身能产生合作化、告别私有制的愿望和实现这一任务——如果说这是赵树理小说

---

① 赵树理:《三里湾》,《赵树理全集》第四卷,第334页。
② 此文原刊于《河北日报》1957年6月25日。赵树理数次提到该文,但在他的各种选集、文集和全集中,都未曾收入,以为佚失了。杜国景找到了这篇文章。详见杜国景《合作化小说中的乡村故事和国家历史》,第186—189页。此处引文出自该书。

告诉我们的，肯定不是事实。相反，赵树理充分肯定、重视新的政权和政治力量在这方面起的重要，甚至关键的作用。但是这个论述的启发意义在于指出，赵树理不认为农村的社会变迁应该与传统乡村社会断裂，不是全新的时间的开始。毫无疑问，旧的、落后的、违反人性的制度、观念、习俗需要改变，促使其消亡（正如他在《小二黑结婚》《李家庄的变迁》《传家宝》《登记》等表现的），但乡土社会有生命力的制度、观念、习俗因素，可以，也应该融入这一变革。可以这样说，赵树理表达的是，新的政权和政治力量领导、推动的变革，要建立在'传统乡村秩序'（包括制度、伦理人情、习俗）的合理的、值得延伸的那些部分的基础上。"[1] 因此，赵树理小说的"故事性"并不在于情节上的惊险怪奇，情节安排背后，而是日常生活的种种趣事，且生活世界的矛盾都能得到较为完满的解决，这又主要依托于民间的情理观念。

当然，赵树理的小说技巧也值得格外重视，傅雷在评论《三里湾》的文章中赞叹道：

> 一般读者都喜欢热闹的场面，所以作者在 14 万 5 千字的中等篇幅之内，讲了那么多富有戏剧性的故事。丰富的内容一经压缩，节奏当然快了，结构也紧凑了，但那些家常琐碎的事并没因头绪纷繁而混乱；相反，线条层次都很清楚，前后照应很周到，上下文的衔接像行云流水一般的顺畅。作者一方面借着每个有趣的插曲反映人物的性格与相互的关系，一方面把日常细故发展成重大的事故，而归结到主题。玉生夫妇为了买棉绒衣而吵架，小俊听了母亲的唆使而兴风作浪，都是微不足道的生活小节，结果却竟至于离婚，从而改变了几对青

---

[1] 洪子诚：《文学史中的柳青和赵树理（1949—1970）》，《文艺争鸣》2018 年第 1 期。

年男女的关系。离婚、结婚也是人生常事，不足为奇；但玉生与小俊的离异，与灵芝的结合，小俊的嫁给满喜，有翼的革命以及他的娶玉梅，都反映出新社会与旧社会的斗争，新社会的胜利与年轻一代的进步。"两个黄蒸，面汤管饱"的趣剧不但促成了菊英的分家，还促成了糊涂涂那个顽固堡垒的崩溃；军属的支持菊英，附带表现了农村妇女的觉悟与坚强。可见书中连最猥琐的情节都有巨大的作用，像无数细小的溪水最后汇合成长江大河一样。①

可见，赵树理小说技巧情节安排周到细密，创造出了为农民所喜闻乐见的形式。尤为关键的是，乡村问题正是通过这种形式才获得历史和现实感，并由此传达出了作家的视角、态度、观念和情感等。需要特别注意的是，在 20 世纪 50 年代前期的语境中，国家和乡村关系比较和谐，深层的矛盾尚未被人们所注意，但随着中苏关系的破裂、工业化的激进发展等，国家与乡村的关系逐渐变得紧张，由此赵树理关于乡村的设想被打破，这改变了作家的创作内容、风格等，当然，也改变了作家的命运。

---

① 傅雷：《谈〈三里湾〉在情节处理上的特色》，引自《赵树理专集》，第 437—438 页。

第四章

苦恼的劝说者：政治世界与日常生活之间的游移

早在1956年，赵树理就敏锐地发现了农业社的问题，在一封信中谈道："最近有人从沁水县嘉峰乡来，谈起该地区农业社发生的问题，严重得十分惊人。"在列举了问题之后，信中说："试想高级化了，进入社会主义社会了，反而使多数人缺粮、缺草、缺钱、缺煤、烂了粮、荒了地，如何能使群众热爱社会主义呢？劳动比前几年紧张得多，生活比前几年困难得多，如何能使群众感到生产的兴趣呢？有一次因为发粮不及时，群众几乎要打乡长……这一些小事都可以说明，群众对公家、对干部、对社的情绪。群众靠这种情绪来办社是很难办的。"① 这在赵树理的回忆中得到了印证："我的思想和农村工作的步调不相适应正产生于此时（即1956年后公社化前后）。"② 这很大程度上影响了赵树理的创作。如果说，《三里湾》柔和的色调透露出的是作家对农业合作化的希望和期待，那么，到1956年之后，《"锻炼锻炼"》等小说叙事就比较急峻，表征出的正是人民公社的危机。

---

① 赵树理：《给长治地委××的信》，《赵树理全集》第四卷，第479、480页。
② 赵树理：《回忆历史 认识自己》，《赵树理全集》第六卷，第469页。

赵树理看到了国家主导的合作化运动的必要性和必然性，只是，随之而来的却是国家过度介入带来的一系列问题。一方面，赵树理虽然仍秉持"劝人"文学的立场，但在国家和农村之间却无所适从；另一方面，他发现合作化运动受到阻碍，与乡村旧有的习惯、伦理和观念等有很大关系。这两者决定了赵树理问题意识的矛盾性。随着农村问题的日渐严峻，赵树理很少花心思创作文学作品，他对人民公社的看法主要是通过书信、讲演和创作谈等表露出来的。但在为数不多的小说中，作家已经关注到人民公社时期的新问题：其一，《"锻炼锻炼"》主要呈现出人民公社生产管理的难题，在《套不住的手》《实干家潘永福》等作品中，赵树理试图通过"写实"手法塑造新的人物形象，来克服现实中出现的问题。其二，从20世纪50年代中期开始，赵树理已经看到了知识青年的问题，到了60年代，他将之反映到小说《互作鉴定》《卖烟叶》当中。严格来说，赵树理不是提出农村知识青年问题的第一人，但在小说中却做了过于负面的处理。更有意味的是，小说仍试图用"劝人"文学的话语对之进行教育、说服，却越发显得窘迫、无力。

第一节　激进化叙事潮流中的写"实"取向

随着人民公社运动的激进化实践，文学创作也产生了激进化的倾向，由此带来了不少消极后果，引起了中共主管文艺领导的注意。侯金镜在交代材料中特地提到："邵荃麟提出，要反对短篇小说的浮夸风和粉饰现实（指歌颂大跃进作品），要强调现实主义，写农民在集体化中改造的困难等。"①所谓"短篇小说的浮夸风和粉饰现实"指的就是这一潮流。而与此相对应的,是揭露现实问题的一拨作品,重要的有《"锻炼锻炼"》《"老坚决"外传》和《赖大嫂》等,但这些作品在当时却遭到了严厉的批评。有意味的是,这些小说中的"问题"被当成完全的事实,其意义也被不断放大。如果回到具体的历史语境中,会看到有不少问题需要重新审视、检讨。

此处从《"锻炼锻炼"》中的一个细节入手观察这一趋势。小说写小腿疼、吃不饱被贴了大字报,吃不饱自己不敢去闹,就找小腿疼出头,原因是"小腿疼比她年纪大、闯荡得早,又是正主任王聚海、支书王镇海、第一队队长王盈海的本家嫂子,有理没理常常敢到社房去闹,所以比吃不饱的牌子硬"②。这里透露出了一个重要的信息,小腿疼的身份被确认:她是乡村熟人社会中的一员,具体说,小腿疼主要是依托于乡村伦理共同体,实际上处在密切的乡邻、亲友和宗族关系当中。由此,我们很自然想到杜赞奇的说法:"在华北的大多数村庄,宗族操纵着传统的政治机制。村务管理、公共活动以及村公会成员名额的分配,都是以宗族或亚宗族为划分的基础。"只是,"20世纪时国家政权的延伸极大地改变了宗族在文化网络中的作用"③。事实上,中共政权向基层的延伸最为深入,其乡村政权基础也颇为牢靠;问题是,乡村基层政权运转很难完全靠政治、法律等来维持,而往往和其他权力形式④构成了错综复杂

---

① 引自洪子诚《1962年大连会议》,洪子诚:《材料与注释》,北京大学出版社2016年版,第67页。
② 赵树理:《"锻炼锻炼"》,《赵树理全集》第五卷,第224页。
③ [美]杜赞奇:《文化、权力与国家:1900—1942年的华北农村》,第65—66页。
④ 此处关于权力的概念受到杜赞奇的启发,具体指的是"个人、群体和组织通过各种手段以获取他人服从的能力,这些手段包括暴力、强制、说服以及继承原有的权威和法统"。[美]杜赞奇:《文化、权力与国家:1900—1942年的华北农村》,第4页。

的关系,《"锻炼锻炼"》中的权力关系也是如此,所以,小腿疼显得有恃无恐。

对于小腿疼、吃不饱这样的落后分子,小说中存在三种权力形式来干预、纠正:一种是杨小四式的,通过贴大字报、送法院等政治、法律强力的方式,然而,如罗岗指出的:"'法律'代表着一种抽象的'普遍性',或来自'国家'的规划,或由于'现代'的要求,但如果不能贯穿由具体的'乡风民俗'和'日常生活'所构成的'伦理世界',有可能徒有强制性却难以深入改造农村基层社会。"① 一种是王聚海式的,他的动员方式是:"哪个媳妇爱听人夸她手快,哪个老婆爱听人说她干净……只要摸得着人的'性格',几句话就能说得她愿意听你的话。"② 显然,王聚海的动员曾经是行之有效的,而且,更合乎乡村社会的风俗和习惯,问题是,小说中的"王聚海错在没有意识到两者冲突不可避免,他既要维持生产的理性化管理,又要保持农村各种亲疏远近的关系,只好采取'和稀泥'的方式:不断修改'定额',但'改定额'毕竟有限,也不能从根本上解决问题,最终的结果必然是两边不讨好"③。还有一种是"群众政治"式的,这里应当注意《"锻炼锻炼"》最后的情节:

> 有个人看见主任来了,就故意讽刺小腿疼说:"不要要求交代了!那不是?主任又来了!"主任说:"不要说我!我来不来你们该怎么办还怎么办!刚才怨我太主观,不了解情况先说话!"小腿疼也抢着说:"只要大家准我交代,不论谁来了我也

---

① 罗岗:《"文学式结构"与"伦理性法律"——重读〈"锻炼锻炼"〉兼及"赵树理难题"》,《文学评论》2014年第1期。
② 赵树理:《"锻炼锻炼"》,《赵树理全集》第五卷,第229页。
③ 罗岗:《"文学式结构"与"伦理性法律"——重读〈"锻炼锻炼"〉兼及"赵树理难题"》,《文学评论》2014年第1期。

交代。"小腿疼看了看群众，群众不说话，看了看副支书和两个副主任，这三个人也不说话。群众看了看主任，主任不说话；看了看支书，支书也不说话。全场冷了一下以后，小腿疼的孩子站起来说："主席！我替我娘求个情！还是准她交代好不好？"小四看了看这青年，又看了看大家说："怎么样？大家说！"有个老汉说："我提议，看孩子的面上让她交代吧！"又有人接着说："要不就让她说吧！"小四又问："大家看怎么样？"有些人也答应："就让她说吧！""叫她说说试试！"①

可见，赵树理仍试图在乡村世界和政治世界之间寻求妥协、平衡，对小腿疼起作用的固然是法律的威慑，但又必须通过民间情理的缓冲，才能真正有效，由此才能解决公社生产中群众和干部的矛盾，使得他们都能统一纳入集体生产当中。赵树理后来专门谈了自己的想法：

> 《"锻炼锻炼"》这篇小说，也是因为有这么个问题，就是我想批评中农干部中的和事佬的思想问题。中农当了领导干部，不解决他们这种是非不明的思想问题，就会对有落后思想的人进行庇护，对新生力量进行压制。这种现象虽然不是太普遍的，但在过去游击区和后解放的地区却还不太少。这是一个人民内部矛盾问题，王聚海式的、小腿疼式的人，狠狠整他们一顿，犯不着，他们没有犯了什么法。可是他们思想、观点不明确，又无是无非，确实影响了工作进展。对他们这一类型的人，我觉得最好的办法是把事实摆出来，让他们看看，使他们

---

① 赵树理：《"锻炼锻炼"》，《赵树理全集》第五卷，第239页。

的思想提高一步。①

我们与其说赵树理化解了矛盾，不如说他呈现出了矛盾。赵树理处理矛盾的方式透露出了他关于乡村世界的观念、认知和设想，但是，在紧张的国家和乡村的关系中，作家很难弥合两者的矛盾。多年之后，我们读到了陈思和的解读，他谈道：

> 这篇作品即使在今天读来，仍然真实得让人读了感到心酸，"天聋地哑"也就落到实处。作为一个真正的现实主义作家，赵树理抛弃了一切当时粉饰现实的虚伪手法，实实在在地写出了农村出现的真实情况。干部就这样横行霸道地欺侮农民，农民就是这样消极怠工和自私自利，农业社"大跃进"并没有提高农民的劳动积极性，只能用强制性的手段对付农民……艺术的真实，就是这样给后人留下了历史的真实性。尽管以赵树理的主观创作意图而言，还不至于达到这样的深度，他只是想反映农村现状是怎样的一幅图景而已，而且从当时可能表达的方式来说，他也只能站在杨小四等所谓新生力量的一边，但从赵树理艺术的画廊里看，这篇作品分明是与描写农村"有些基层干部混入了党内的坏分子"的艺术精神一脉相承的，不过在当时的环境下，连这点维护农民的立场都不能直接地表达出来。现实主义的方法冲破了作家的历史局限，只能在当时非常严峻的环境下，以它自己的方式达到了生活真实和艺术真实的统一。②

---

① 赵树理：《当前创作中的几个问题》，《赵树理全集》第五卷，第304页。
② 陈思和主编：《中国当代文学史教程》，复旦大学出版社2009年版，第47页。

不能不说，这一解读带着浓厚的后设视角，基本忽视了赵树理"劝人"文学所面临的窘境和困局。以更为客观的眼光来看，《"锻炼锻炼"》深刻地呈现了在人民公社时期，乡村中多种权力都缺乏统摄性的力量，几者时时处于冲突之中。

一年之后，赵树理在小说中讽刺了外号"老定额"的基层干部，小说写道：

> 林忠对于定额就有些讲究得太细了。例如锄头遍谷子（间苗），苗的稠、稀、高、低，在消耗劳力上确实差别很大，不过你要每块、每天都定一次额那就不会有一亩相同的。林忠就好在这类事情上穷讲究。有人说他是因为自己家里的劳动力多，怕吃了亏，他不承认。他说："定额是管理生产的大关，一定得把守好！"这话有好多人赞成，可是反对的也不比赞成的少。反对的人说："把住了大关是叫人过关过得舒服，不拥挤，不是叫你越把越啰嗦，越叫人走得不痛快。"①

这里实际上讽刺了在集体生产中，过于讲求"定额"反而不符合实际的情况，其中透露出了农业集体化生产中管理的难题不光来自政治，也和农业生产的特点有很大关系。在农业集体化生产中，很难用"产量""数量"等作为指标，使用现代化的量化标准反而无法达到目标。

在此应该注意赵树理另一类小说写法的努力和探索，主要有《套不住的手》（1960）和《实干家潘永福》（1961）。这类作品有着鲜明的"写实"风格。《实干家潘永福》开头写道："潘永福同志和我是同乡不同村，彼此从小就认识……在这二十年中，他的工

---

① 赵树理：《老定额》，《赵树理全集》第五卷，第354页。

作、生活风度,始终是在他打短工时代那实干的精神基础上发展着的。"① 这种纪实的写法几乎把所有问题都落在了"实"处。《套不住的手》写陈秉正当公社大队的教练:

> 他在教练组里教人做活,不但要求规格,而且首先要教架势。他说架势不对就不会做出合乎规格的活儿来。例如锄二遍地,他要求的架势是:腰要弯到一定的度数;一定要斜身侧步,不许乱动脚;两手要攥紧锄把,叫每一锄下去都有准,不许让锄头自己颤动,规格是:一定要锄到庄稼根边,不许埋住生地皮;在庄稼根上拥土,尽可能做到整整肃肃三锄拥一个堆,要平顶不要尖顶。②

难怪孙犁后来说:"赵树理中后期的小说,读者一眼看出,渊源于宋人话本及后来的拟话本。作者对形式好像越来越执着,其表现特点为:故事行进缓慢,波澜激动幅度不大,且因过多罗列生活细节,有时近于卖弄生活知识。遂使整个故事铺摊琐碎,有刻而不深的感觉,中国古典小说的白描手法,并非完全如此。"③ 不过,孙犁大概没有看出,赵树理小说首要指向的是现实问题,而非只是追求某种美学风格。在《实干家潘永福》的结尾,赵树理特别提出:"以上三个例子,看来好像也平常,不过是个实利主义,其实经营生产最基本的目的就是为了'实'利,最要不得的作风是只摆花样让人看而不顾'实'例。潘永福同志所着手经营过的与生产有关的事,没有一个关节不是从'实'利出发的,而且凡是与'实'利

---

① 赵树理:《实干家潘永福》,《赵树理全集》第五卷,第 421 页。
② 赵树理:《套不住的手》,《赵树理全集》第五卷,第 408 页。
③ 孙犁:《谈赵树理》,《天津日报》1979 年 1 月 4 日。

略有抵触，绝不会被他纵容过去。这是从他的实干精神发展来的，而且在他领导别人干的时候，自己始终也不放弃实干。"① 这一写法包含了两个重要向度：其一，赵树理着意刻画潘永福这样的实干家，针对的是合作化中出现"浮夸风""瞎指挥"等问题；其二，这与当时着眼历史发展方向、把握现实本质的"社会主义现实主义"美学规范构成了重要区别。通过这些小说，可以看出赵树理回归经验、回归现实的努力。正因为如此，赵树理显得和现实格格不入，从文学层面来说，将"社会主义现实主义"当成坐标，赵树理无疑被视为是落后于时代的，他的文学风格也不被认可。因而，1959年，赵树理由于对人民公社的一系列言论而受到了激烈的批判。②

在1962年的大连会议上，对赵树理的《套不住的手》，胡采提出："我觉得（有的作品）把生活看得太实了，浪漫主义少了些。《实干家潘永福》是很朴素的，但老赵我还是觉得太实了些，甚至《套不住的手》，五百年前的农民也是如此。今天的劳动人民有什么新的精神面貌，揭示得不够。"但这种观点在随后却遭到方冰的反驳，说英雄人物写得"好像吹猪似的，刮毛，把缺点都刮掉，洗得很漂亮，但不是活猪"③。事实上，大连会议之前，赵树理已经重新得到了全面的认可，康濯在评论中写道：

赵树理在我们老一辈作家群里，应该说是近二十年来最杰出也最扎实的一位短篇大师。但批评界对他这几年的成就却使人感到有点评价不足似的，我认为这主要是对他作品中思想和

---

① 赵树理：《实干家潘永福》，《赵树理全集》第五卷，第444—445页。
② 陈徒手：《一九五九年冬天的赵树理》，《读书》1998年第4期。
③ 洪子诚：《1962年大连会议》，洪子诚：《材料与注释》，第91、95页。

艺术分量的扎实性估计不充分。事实上他的作品在我们文学中应该说是现实主义最为牢固,深厚的生活基础真如铁打的一般。这几年来,不论是《老定额》,是《套不住的手》,或是《实干家潘永福》以及其他各篇,思想和形象都始终确切不移地来自当前生活的底层,并极其真实地站在当前生活的前哨位置。最近几年我国农村灾害不断,人民公社也处在整顿和巩固时期,种种惊心动魄的斗争当中,该有多少复杂、艰巨和严重的困难需要克服!也正是在这里,潘永福式的人物又该是怎样值得赞颂和表扬!这种人毫不虚夸,一切都紧遵生活规律,十分严格地从实际出发;而作为他这一切的根源和基础,他那劳动人民的性格和任劳任怨的共产党员态度,又自然和平凡得根本不在话下似的!这难道不正是我们农村党员和中国人民最可宝贵的品质?不正是当前农村工作中最值得宣扬的品质?至于《套不住的手》所描写的那位先进生产者,更是浸透着一个老年农民深厚无比的勤劳本色,以至于他的种种先进行为都完全不是出自任何先进之感,而是他本该那样,也只有那样才恰到好处地合乎他天生的身份一般!赵树理的一笔一画实在都源于泥土和透着土香,都那样富于健康的乐观的人情风味。近年来他在新人物的创造上也有着明显的提高和发展,好些作品比之过去都更着重于以新的人物作为主角,这些人物的精神和行动也要比过去丰富和鲜明。并且这些新人物还都是平凡而又不平凡,都是从劳动人民世代流传的深厚和优良的生活品质上长出,同时又都恰如其分地融汇了新社会萌芽和茁壮的新的面貌。因而,赵树理的人物形象和他们的行动都从无任何做作,说服力和感染力亲切倍至,水到渠成。《套不住的手》还表现了艺术结构上的完整和谨严,他所特有的中国作风和中国气派,在所有作品中也仍然发展不败。我曾亲眼见到每逢他的作品问世，单是农村的基层干部，包括一些很少涉猎文艺的干部，往往都要争争找找地先睹为快，就好像那是他们固有的义务。赵树理的魅力，至少在我所接触的农村里面，实在是首屈一指，当代其他作家都难以匹敌。此情此景，该是如何值得引起我们深深的思索！我不是说赵树理没有任何弱点，但他在我们的文学中，无论如何总是个最扎实的实干家。[①]

赵树理再一次得到这么高的赞誉，在新中国成立之后的作家中是少有的。不过，当时的评论主要着眼于艺术方面，如老舍高度肯定了《套不住的手》艺术构思的精巧，"这篇作品不很长，而相当细致地描写了不少农村劳动的经验。这些经验非久住农村而又热爱耕作的人不会写出。不过，假若不拿一双手套贯穿起来，恐怕就显得琐碎一些。这双手套把零散的事物连缀起来，有起有落，颇为巧妙。事情本来不相干，而设法用一条线穿上，就显出些艺术手段"[②]。茅盾说："也许有人觉得这篇作品的有些部分，还可以压缩些，还可以简练些，关于老人领头、青年人响应的、清理招待所院子的一段叙述，这个意见值得考虑。"[③] 大概很少有人注意到，赵树理执着于写"实"的背后，有着很多寄托，旨在为解决乡村问题寻找切实的途径。不过，赵树理主要把问题放在乡村内部，指出问题的根源之一是干部管理不善。他坚持通过实干来克服困难，但在国家、集体、户以及个人等复杂关系中，难题仍未能解决。

[①] 康濯：《试论近年间的短篇小说——在河北省短篇小说座谈会上的发言》，《文学评论》1962年第5期。

[②] 老舍：《读〈套不住的手〉》，《文艺报》1960年第22期。

[③] 茅盾：《一九六〇年短篇小说漫评》，《文艺报》1961年第5期。

第二节　青年出路及其美学难题

一般来说，正常社会都允许人们流动，他们通过职业转换，或者地理迁徙，完成身份转换或者阶层跨越。在某种意义上，这也符合毛泽东的设想。1944年8月，毛泽东在给秦邦宪的信中所说的，"农民的家庭是必然要破坏的，进军队、进工厂就是一个大破坏，就是纷纷'走出家庭'。实际上，我们是提倡'走出家庭'与'巩固家庭'的两重政策。扩军、归队、招工人、招学生（这后二项将来必多）、移民、出外做革命工作、找其他职业等等，都是提倡走出家庭，这个数目，在现在敌后战场上是很大的，在战后也将是很大的"①。可见，在毛泽东的规划中，随着农业合作化的开展，社会流动将是常态化的。然而，新中国成立后，虽然出台了一些旨在打破城乡差别、工农差别和脑体差别的措施，但社会却逐渐呈现出等级化特征，尤其随着城乡二元体制的确立，农村青年的"出路"越来越窄，农村知识青年成了矛盾的交汇点。

1957年4月8日，《人民日报》发表社论，回应了中小学毕业生参加农业生产的相关问题②。社论一开头就指出："解放以后，我国的教育事业有了很大的发展。一九四九年只有小学生二千四百多万，中等学校学生一百二十六万，高等学校学生十一万多；而目前已经有小学生六千三百多万，中等学校学生约五百九十七万，高等学校学生四十万以上。但是由于我国各种条件的限制，现在还没有可能实行普及中学教育。至于高等教育，本来不属于普及教育的范

---

① 毛泽东：《给秦邦宪的信》，《毛泽东文集》第三卷，第206页。
② 社论标题为《关于中小学毕业生参加农业生产问题》，该文是根据刘少奇在湖南长沙市中学代表座谈会上的讲话整理的。后收入《刘少奇选集》下，人民出版社1985年版，第277—294页。

围，它的发展当然要受更多的限制。因此，小学毕业生和中学毕业生都要有很大的部分转入生产。"接着社论指出："如果不能升学，也应当有充分的精神准备，要看作是普通的事情，不要看作是'不得了'、'不能见人'的事情。对于不能升学的学生，不应当有任何歧视，而应当积极安排他们的出路。"在当时的条件下，刘少奇对形势做了判断："就全国来说，最能够容纳人的地方是农村，容纳人最多的方面是农业。所以，从事农业是今后安排中小学毕业生的主要方面，也是他们今后就业的主要途径。"面对现实中的问题，社论一一列举，并做了耐心的说服教育：首先，针对不少中学生"读了几句书，不是更谦虚，而是更骄傲；不是更尊重体力劳动者，而是更看不起体力劳动者"。应该对他们加强"劳动教育"。其次，有人认为下乡种地，没有前途，社论解释道："今后的主要任务，就是要把农业合作社经营管理好，逐步地而又适当地进行技术改革，大大地发展农业生产。必须懂得，管理一个几百户的农业生产合作社，比管理一个几百人的工厂是不会更容易些的。"更主要的是，"合作化以后的农村是新的农村，农民是新的农民，但是，现在的农村和农民都还缺少文化。为着搞好农业合作社的经营管理工作，为着逐步地进行农业的技术改革，农村迫切需要文化，农民自己需要提高文化，同时也需要有文化的人去当农民"。再次，还有人认为，"下乡种地，再不能当专家了"的说法是错误的。回应中列举了米丘林、高尔基、富兰克林、法拉第、爱迪生和诺贝尔等人为例，证明"中学毕业生下乡种地，只要他顽强努力，坚持自学，他还是有可能成为专家或科学家"。接着，还特别告诫下乡青年，"应当在精神上有所准备，要站稳脚跟，坚定认识，不怕嘲讽讥笑，不怕冷言冷语……要耐心地向人做解释，讲道理，既不动摇，也不傲慢。用自己的行动来说服人，影响人"。最后，社论还引用了共产党员和革命者的例子，鼓励他们要不怕牺牲，不吝奉献。"必须懂得：要和群众的关系搞好，就不能占便宜，就不要怕自己吃亏。要完成任何伟大的事业，就必须有吃苦耐劳的精神，都必须有意识地把较为艰苦和困难的工作担当起来……吃苦在前，享福在后，这是取得党和人民群众信任的基本条件。我们希望青年都能够向着这个方向锻炼自己，把自己锻炼成为具有'先天下之忧而忧，后天下之乐而乐'这种美德的人。"此处之所以不厌其详地大段引用，是因为这段话的逻辑、修辞等，很能代表社会主义"教育"的话语模式，对此后的文学也有着深刻的影响。

1957年，赵树理介入了青年问题的讨论。起因是长沙地质学校一个叫夏可为的学生，给茅盾寄了自己的作品请他修改，并表达了自己想成为作家的意愿。赵树理客气地劝告道："你所谓困难，是作为'创作上的困难'提出来的，好像说学校的功课成了创作上的包袱，这是非常不妥当的。一个学生，创作是业余呢还是学习是业余呢？要说创作是业余的话，在功课繁重而又觉难于理解的情况下就是'业'不'余'，业既不余是不应当干业余的事情的，要把学习当作业余，那就是专业创作者，而你在一个社会经历不多写作经验也不多的情况下，是不应该提前专业化的。"① 对于一个热爱文学的青年学生，赵树理并不能认同他的选择。未曾料想，此信发表之后，却引发了轩然大波。争论的焦点是：给文学青年泼冷水难道是应该的吗？热爱创作的青年应该由谁来指导？学生生活也是生活，为什么一定要深入社会才能写作呢？等等。赵树理虽然对问题一一做了耐心解释，但回信中有几句是重要的："可惜我们的社会主义事业才开始不久，传统的个人主义幻想还刻印在许多人心上，不易马上消灭，以至于有些青年人沾染了这份有毒的思想遗产，并且理

---

① 赵树理：《不要这样多的幻想吧？——答长沙地质学校夏可为同学的信》，《赵树理全集》第五卷，第6页。

直气壮地坚持着、传播着，这是非常不妙的。"① 这很能代表赵树理对青年思想倾向和人生选择的态度。

此前，赵树理已在《中国青年》发表文章说：

> 一个农民家庭出身的中学生，在毕业以后要是仍然回家种地，他的家长和亲戚、邻居，往往又和在三十年前责备我一样地说："念了一阵书做了个什么？""什么也干不了！种地吧！"说这一类旧话的人自然仍受着他们旧思想的支配。他们对当前的农村内部是有新认识的——他们当然意识到农村没有了地主的统治和剥削，意识到农业合作社高级化了以后生产资料成为集体所有，因而再不会有人把社会财富集中到个人手里重新变成剥削者——只是他们对农村以外的变化了解得不具体，仍然以为进了城就可以高人一头，就可以取轻巧钱；以为"万般皆上品、唯有种地低"②。

针对这些问题，赵树理展开了说服教育，其主要由几个理由：其一，认为农业劳动是低贱的，这是剥削阶级的思想，应当纠正。其二，劳动没有高低贵贱之分，只是分工不同，暂时有差别，但以后会慢慢克服。其三，关于农村与城市生活方式、生活程度的差别，赵树理解释道："假如每个人都不愿意在当时当地的社会事业中尽自己的一份责任，而为了向最高的生活看齐，每天在那里搬家、转业、离开岗位去找事，一切社会事业就都会在这搬来转去中停顿了。认识差别为的是消灭差别，不安心就地工作的人，不是为了消灭差别而是利用差别来找空子钻，和每天流着汗从事生产建设

---

① 赵树理：《青年与创作——答为夏可为鸣不平者》，《赵树理全集》第五卷，第51页。
② 赵树理：《"出路"杂谈》，《赵树理全集》第五卷，第13页。

的人比起来,难道不是不太光荣了吗?只有在国家工业化和农业集体化的基础上使农业生产科学化、机械化,才是消灭农村与城市差别的基本办法。"① 其四,针对有的人提出在城市可以发展得更好,赵树理提出:"在任何岗位上也一样可以发展",他以城市作为例,说:"城市人不是'道路宽'而是'行类多',但他们也是每个人只干一种业务——老教授、老医生、老司机、老乘务员……他们都一辈子忠于自己的行业,肯用脑子的人在行业中也都有许多发明创造,正和农村的人种地一样,并不像旧社会少数投机分子那样今天跑行商、明天当卫兵,抱粗腿、拜干爹,钻来钻去,无非找一点个人便宜。"②

毫无疑问,赵树理的修辞绝大部分和政治修辞相叠合,两者秉承的是共同的理念。但我们没有理由怀疑赵树理的真诚,赵树理教育自己的女儿赵广建参加普通工作,回农村参加农业劳动。赵树理在给女儿的信中说:"我相信你在这几个月农村工作中认识了好多劳动人民,懂得了一些生产中的事情,而在感情方面也应该更向劳动人民靠近一些,但我以为应该进一步在一个社里落户,当一个有文化的青年社员。只有真正参加了生产,凭工分过日子,才能深刻体会到我们的社会主义生产建设现在是个什么阶段,在现有的基础上如何前进,才能深刻体会到生产中任何问题都与自己有直接关系——即与广大群众有直接关系。只要你在生产中真有所建树,你是会感到生产本身是有快乐的。"③ 而赵广建确实也到农村去参加劳动,并落户农村。④ 需要注意的是,赵树理不断强化参加体力劳动

---

① 赵树理:《"出路"杂谈》,《赵树理全集》第五卷,第15页。
② 同上书,第17页。
③ 赵树理:《愿你决心做一个劳动者》,《赵树理全集》第五卷,第47页。
④ 陈为人:《插错"搭子"的一张牌——重新理解赵树理》,广东人民出版社2011年版,第186页。

的理由，比如，关于体力劳动和脑力劳动的差别，赵树理提出："有人认为到了那时候，一切生产都自动化了，用不着体力劳动者了。不，机械化只能减轻体力劳动而不能不用体力。到任何时候，机械还得由人使用。"① 接着，赵树理说明农村也需要技术，做了很长的解释：

> 教育越普及，生产越机械化，越没有不用脑力或少用脑力的体力劳动。现在的农业生产，就常使农民同志们感到自己的脑力不够用。例如我们有一些效力很大的农药，因为分量不容易掌握（用得过了量坏事太大），就不敢推广，难道不是因为知识分子太少吗？有好多新的农业技术传授不到农村，难道不是因为只是知识分子太少吗？有好多农业合作社的计划不精、账理不清，难道不是因为知识分子太少吗？每个有社会主义热情的农村的中学生，在毕业之后想着手管这些事，不但不会感觉到屈了自己的才华，反而会感觉到凭自己在学校取得的那些知识，要管这些还马上管不了，还得先向社干部学习以往的经验。况且一个体力健全的人，有发挥体力的机会也是一大快乐。②

在这里，赵树理提出了"快乐"的概念，这里有两层含义：一是"发挥体力的机会也是一大快乐"；二是"只要你在生产中真有所建树，你是会感到生产本身是有快乐的"。赵树理调动了自身的劳动经验，同时，生产带来的精神快乐依托的正是集体的事业。

但知识青年也提出了不少棘手的难题。1960 年，《中国青年》

---

① 赵树理：《"出路"杂谈》，《赵树理全集》第五卷，第 16 页。
② 同上。

围绕杨一明展开了一场说服。赵树理也是参与者,他指出杨一明不安心农业生产是名利心在作祟。对于杨一明感觉农业生产枯燥的说法,赵树理反驳道:"从事任何一种职业,都要经常和自己的工作对象打交道,每天做同一性质的工作,看起来好像重复,甚至难免有点机械,其实,事业就在行动中向前发展。有革命责任感的人,在业务中发挥着自己的创造性,感到的都是活动的愉快和成功的慰藉;有剥削思想的人,以为享受是自己的事,而劳动应该是别人的事,勉强让他参加一种职业,他就感到机械,毫无乐趣。杨一明同志所以把农业描绘得那样没出息,正是这种思想作怪。只要这种思想还存在,即使换一千种业务,也不过是造成一千种机械感罢了。"[①] 面对青年们提出的劳动中的枯燥等问题,赵树理的理由显然很难服人。在历史性的难题中,赵树理的态度、观念甚至不无偏执。

在《三复集》后记中,他谈道,"重复得最多的是青年知识分子(中学生为多)对'脑力劳动者与体力劳动者的差别问题'的看法,和基于那种看法所产生的学习创作的动机……我们的社会需要大量的包括作家在内的脑力劳动者,但是不应该允许利用脑力劳动者与体力劳动者的差别来找个人便宜"[②]。赵树理甚至乐观地写道:"以后会逐渐由于生产上的四化、生产技术的革新和革命、劳动人民物质生活的提高、文化的普及、稿费制度的变革、城乡人民经济生活的集体化等关系,使脑力劳动者(包括作家在内)和体力劳动者在劳动强度上和物质文化生活上的差别缩小到无足轻重的程度。到那时候,就很少再会有人耽搁着学业或应付着职业找机会去

[①] 赵树理:《不应该从"差别"中寻找个人名利——与杨一明同志谈理想和志愿》,《赵树理全集》第五卷,第405—406页。

[②] 赵树理:《〈三复集〉后记》,《赵树理全集》第五卷,第380页。

利用上述那种差别了。"① 饶有意味的是，当时的说服者动用了国家、革命以及情理等话语来说服农村知识青年，但这一问题实际上却越发凸显。20世纪60年代，赵树理创作了小说《互作鉴定》和《卖烟叶》，正是要反映并回应知识青年的问题。

《互作鉴定》中的刘正一心想脱离农村，改变个人命运，《卖烟叶》中的贾鸿年是求学不成，文学梦被打碎，不愿参加集体劳动，最后想卖烟叶发财。值得关注的是两个小说的叙事基调。赵树理对于旧乡村掌权者是激烈的批判、抨击，背后是根本性的否定；对于三仙姑、能不够及小腿疼等农村妇女，在讽刺之余仍留有余地，但对于刘正和贾鸿年这样的农村知识青年，赵树理似乎发现原有的规劝、教育等方式已经失效，讽刺和批判就显得格外激烈。最有意味的是，以文学青年作为主人公，是赵树理之前小说中未曾有过的人物形象。

对于文学作品而言，焦点问题是这一问题意识如何影响到作家的小说创作？并塑造了怎样的小说形态？

赵树理随后谈了《互作鉴定》创作的情形："为什么我要写这个不安心生产的中学生呢？原因是我经常接到这样的来信。有一个十七、八岁的小伙子，初中二年级，书还念不好，就给我来信赤裸裸地说：'我非常想当一个伟大的作家'。在农村里，有不少的中学生看不起劳动，认为当了中学生，就不能参加农业劳动；在城市里也有这样的人，认为中学生不能当售票员、理发员，中学生不能卖汽水等等。我接到这样的信，碰到这样的青年不少，情感上就觉得很不安，这是因为青年人受了旧思想的影响。"② 赵树理还说，小说

---

① 赵树理：《〈三复集〉后记》，《赵树理全集》第五卷，第381页。
② 赵树理：《在北京市业余作者短篇小说创作座谈会上的发言》，《赵树理全集》第六卷，第125页。

中模拟青年口吻写的信,就是"从一些中学生给我的信中学会的",显然,他对不安心农村劳动的中学生极其反感。《互作鉴定》中刘正的信,正是充满反讽的模仿。在这个发言中,赵树理讲了两个"写法"的问题,其一,整个小说是"倒装"的写法,"就是把信放在前面,县委书记下乡,中间又透露出他的同学对他的爱护,然后通过开会、念信,批评他一系列的行为";其二,赵树理重申了自己关于塑造人物的理念,"在这篇作品中的人物,你叫我说在哪里见过这个人,说不好,不是在哪一个村子里见到的哪一个具体的人,可是和我'共事'的人,我总忘不了他,我和好几个雇工出身的县委书记共过事,也接触过不少农村的中学生"[1]。

应该说,《互作鉴定》是一篇构思颇为巧妙的作品。小说开头是初中毕业回村参加农业劳动的刘正,给县里王书记写信,说村里是"冷酷的地方",举出自己的遭遇有:(1)村里有学习养蚕和开锅驼机的机会,但自己没被选上,认为是被干部子弟抢了先;(2)自己学着作诗,却被别人讽刺;(3)自己想学养蜂,由于没有经验被蜜蜂给蜇了,结果又被调去拉大锯,认为是被排挤了;(4)自己清理了渠道上的树枝,参加了劳动,结果只给记了"一厘公分"。最后,刘正用不无夸张的语气写道:

> 不举例了!我在这里遇到的受气的事,写起来一个月也写不完。李书记!你看这样环境能活人吗?周围的人都像黄蜂一样,千方百计地创造着刺人的方法来刺伤我的心灵,怎么能叫我忍受得下去呢?
>
> 李书记,我用几乎绝望的声息向你呼吁,要求你救我脱离

---

[1] 赵树理:《在北京市业余作者短篇小说创作座谈会上的发言》,《赵树理全集》第六卷,第126页。

第四章 苦恼的劝说者：政治世界与日常生活之间的游移 / 149

这黄蜂窝。我情愿到县里去扫马路、送灰渣……做一切最吃苦的事。我什么报酬也不要，只要你能把我调离这个地方，就是救了我。

李书记，我以后的生命就寄托在这封信上了。①

此处先让刘正在信中讲述一番自己感觉到的事实，接着通过县委王书记下乡，在开会、念信和批评过程中，让其他当事人参与进来，揭露出相反的事实。张颐武指出，"整篇小说的故事就是对这封信的不同的看法。这篇小说的中心人物刘正是一个爱好写作的青年，他把写作视为中心，并不热爱生产劳动。从刘正将生命寄托在一封信上的态度看，他是一个迷信语言力量的人。他相信通过对语言的掌握足以改变控制人的命运。他试图通过'信'的传递，改变他自己的生活，但具有讽刺意味的是，他自己并无法控制'信'的流传、播散。"② 这封信之所以会变形，和人们的观念有关，周围的人们都认为刘正在劳动中挑肥拣瘦、开小差等是错误的。

在这里，尤其值得解析的是文学青年刘正的自我表述以及周围人的看法。刘正在信中写道："我爱学着作诗，难道也是错误吗？陈封在这一点上也讽刺我，叫我诗人，引得大家都叫，叫得我受不了。他并且作着诗骂我说：'像一条水龙呀，冲向你的屁股'。"③在小说中，陈封介绍了事情的经过，他和刘正被队里安排去清理树枝，分工是陈封负责捆，刘正负责搬，结果在劳动中，刘正却沉迷于写诗，根本就忘了干活。借着陈封的嘴，我们知道具体的情形是：

---

① 赵树理：《互作鉴定》，《赵树理全集》第六卷，第105—106页。
② 张颐武：《赵树理与"写作"——读解赵树理的最后三篇小说》，中国赵树理研究会编：《赵树理研究文集》上，中国文联出版公司1998年版，第266页。
③ 赵树理：《互作鉴定》，《赵树理全集》第六卷，第105页。

我快要走近他的时候,就听他反复地念着这样半句:"像一条水龙啊,冲向——像一条水龙啊,冲向……"左手端着笔记本,用右手拿着的水笔在空中画着,像乐队指挥打拍子一样;头也随着手一弯一弯地晃着。我走到他背后站住,他果然没有发现。这时候,我清清楚楚地看到他写的诗。这诗我还以为写得不错。——虽然他自己只和我捆了两捆树枝,而这诗可是歌颂这次劳动的。诗是这样的:"我们英雄的人民才是万物之主,古往今来创造出奇迹无数。小小河流啊,我们一定要把你征服!我们要让你离开河床,流出土窟、跃上高岸、穿过丛树,像一条水龙啊,冲向","冲向"以下还没有字。①

最有意味的是,刘正的文学趣味和作品内容基本是"十七年"的主流,这里没有什么小资产阶级的情调。但刘正的真正动机却在写的信中暴露出来了。按照张颐武的说法:"刘正的'信'是一个思想出现问题的症兆和信息,是一个焦虑与不安的表意,而王书记的出现和他与刘正的同学们一同对刘正的教育则是对这一'症兆'的治疗。这一治疗采用了思想教育的方式,通过对他的信的阅读和分析说明他的幻想的荒谬性,告知他不应该把不可企及的欲望投入到现实之中。"② 有趣的是,论辩中除了揭示事实,更多的是批驳的工作,最后县委书记指出刘正的毛病是:"自命不凡,坐卧不安,脚不落地,心想上天。"这里与其说是治疗,不如说是诊断。小说最后仍是开放性的结尾,问题并没有得到解决。

在《卖烟叶》中,贾鸿年在给王兰的信中,讲了自己的生活理

---

① 赵树理:《互作鉴定》,《赵树理全集》第六卷,第121页。
② 张颐武:《赵树理与"写作"——读解赵树理的最后三篇小说》,中国赵树理研究会编:《赵树理研究文集》上,第268页。

想："只要一上南楼隔着门窗往院里一看,你就会产生'别有天地'之感。南边通外边的大门,除了运煤运水之外,经常可以不开,也就是陶渊明所谓'门虽设而常关'的意思。我们住在西房里,西楼就是我们的书斋。这楼是三面开窗,视界很广,远处的流水高山,近处的绿槐庭院,随时都可以供我们以诗情画意。你试想:到了秋夏之际的月朗风清之夜,我们靠着岸边的短墙设个座儿,浸润在融融的月光和隐隐的飞露中,望着淡淡的远山,听着潺潺的流水,该是多么有益于我们的创作心境哩!至于北房——也就是现在的南楼——的用法,我有这样个打算,不知你是否同意。我想你来了之后,老岳母一个人待在你们村子里也没有什么意思,不如干脆接来到咱们家里来住,咱们照顾起来也方便一点。"① 张颐武指出:

> 贾鸿年是否具有写作才能不是这篇小说关注的问题,小说是有几处隐约地暗示他不失为一个文笔流畅的人,但问题在于贾鸿年本人的写作动机不纯,写作是他改变务农命运的方式。从这里看,贾鸿年的行为与《互作鉴定》中的刘正十分相似,但小说通过王兰和李老师对他的批评更为严厉,他的"欲望"也更强烈。赵树理在这里涉及了写作/金钱/性之间的关联。贾鸿年将写作视为一种商业性的活动,他比"刘正"更其明确了写作的欲望目标。最后他发现写作无法实现愿望时,他便开始从事更为直接的商业活动。赵树理对于商业活动的看法十分明确和尖锐,他既在小说中赞同当时政策对商业活动加以抑制的话语,又运用了农业社会对商业活动的轻视的话语。写作成为一种商业活动,一种与卖烟叶相似的以取得利润为目标的活

---

① 赵树理:《卖烟叶》,《赵树理全集》第六卷,第236—237页。

动,是一个尖锐的反讽。在贾鸿年的行为和他与王兰的关系中,赵树理始终编码一种强调写作的浪漫型和神圣性的修辞策略。王兰作为一个女性符码的出现,以及她与贾鸿年的感情都来自于贾鸿年写作的能力。①

更为有趣的是李老师扮演的角色。张颐武分析道:"李老师在《卖烟叶》中的位置却与《互作鉴定》中的王书记的位置完全不同。王书记是以洞穿一切的'眼光'代表象征秩序出现的,他对刘正的帮助是去除写作幻想的有力方式。但李老师本人却也是一个'业余作家',他不具有对'写作'的拒斥的能力,相反却欣赏贾鸿年的才华,以至竟借给贾鸿年一百元钱,被一些群众误为参加了贾鸿年的投机倒把活动。"②

在《卖烟叶》最后,李老师展开了对贾鸿年的训诫:"哭有什么用?早早地摔一跤对你有好处!你要想重新做人,就得先在群众面前把你自己的底子交代透!千万不要以为在群众中只有你自己聪明!做一件事有一件事的结果。群众是要把你所做的事的一切结果综合到一处来给你作评价的!你哄得了谁?回去向群众交底去!你才二十来岁,跌倒了爬起来重新做人有的是前途;不过要继续做'鬼'的话,那就没有人再挽救得了你了。"③ 小说就此终止。此处人们感知到的只是劝说者的声音,或者是赵树理的声音,至于贾鸿年这一被劝说者的反应,小说没有再着笔。某种意义上,这造成了小说结尾的空白,我们无从知道贾鸿年想法,赵树理也未必相信这训诫有说服力。

---

① 张颐武:《赵树理与"写作"——读解赵树理的最后三篇小说》,中国赵树理研究会编:《赵树理研究文集》上,第269页。
② 同上书,第270页。
③ 赵树理:《卖烟叶》,《赵树理全集》第六卷,第262页。

1962年，周扬曾谈道："看看我们同人民群众的联系怎样？1958年以来，联系削弱了。可以向作家提出一个问题：当党的政策与人民情绪发生矛盾的时候怎么办？我看可以不写作品。我们党内一定要有'服从组织，思想保留'这一条。否则不仅毁灭文艺，而且毁灭革命（赵树理例子）。"[①] 但如何处理革命话语与现实之间的巨大缝隙，周扬却没有给出答案，这无疑是社会主义文学的核心难题。1966年，赵树理在检查中，讲述了初中毕业生的情况："对农村的初中毕业生，他们的家长有个历史遗留下来的传统观念，以为初中毕业后的前途就是离开农村到外边找事，以为那才是正经出路，在家种地是大材小用，是没有出息、不会找门路的孩子。我对这些学生讲话，要讲大道理，他们听不进去，常是我讲我的，他们互相讲，他们的讲完了就散会。"[②] 显然，赵树理的劝说是乏力的，也是无效的。

[①] 洪子诚：《1962年纪念〈在延安文艺座谈会上的讲话〉社论》，洪子诚：《材料与注释》，第125页。

[②] 赵树理：《回忆历史 认识自己》，《赵树理全集》第六卷，第477页。

第五章

"赵树理方向"的终结

"赵树理方向"的终结是中国革命文学上一个挥之不去的话题，而最为惯常的回答是政治压抑了文学，但这一解释无疑过于随意。从历史来看，"赵树理方向"遭到质疑，发端于《邪不压正》的论争，新中国成立后，随着新的文学标准的确立和乡村问题的出现，逐渐成了不可挽回之势。笔者认为核心的症结在三个方面：

其一，从文学形式的角度，大众化、普及性等是赵树理文学最为鲜明的特点，也是赵树理被推崇的重要原因。但是，对于新文艺未能进入乡村，不被农民接受的状况，赵树理很不满意。他提出了自己普及与高级相统一的文艺标准，并举出了戏曲、曲艺等作为范例。问题是，在毛泽东的《在延安文艺座谈会上的讲话》和1949年之后关于社会主义现实主义的理论论述中，高级文化并不单指文艺形式，毛泽东、周扬等所谓的提高不是赵树理理解的评书、曲艺中的高级形式，而是根据无产阶级世界观、阶级意识提高的高级文化。赵树理文学显然不符合这样的标准。在新的历史语境中，柳青、梁斌等作家走上历史舞台，有其历史必然性。

其二，社会主义现实主义文学是1949年之后提出的新的文学标准，认为通过写先进人物，可以有效地克服现实中出现的问题，但这一写法和农村人民公社激进化的实践相呼应，最终造成了"公式化""虚假"等问题。赵树理秉持的仍是"问题小说"的视角，作家认为许多作品没有直面现实中的问题，更无法提供解决的办法。赵树理文学的写"实"性，正是试图用实实在在的、来自生活的经验，克服激进化叙事的弊端。

其三，赵树理在小说中试图调和国家与乡村的紧张关系，但从《"锻炼锻炼"》之后，作家已经再难通过"问题小说"的形式与现实展开对话。此后赵树理关于乡村问题的思考，大都是通过书信、演讲等传达的，其中我们看到作家陷入更为复杂的矛盾关系当中。虽然他提出了许多设想，如"伦理性法律"等，但在现实问题面前，显然是无能为力的。

第一节　提高与普及的困境

在解放区文学的脉络中，毛泽东的《在延安文艺座谈会上的讲话》开启了新的文艺路径，有着"原典"的意味，但在不同历史情境中，理论家、作家等所认同、汲取的部分却存在很大差别。赵树理一直强调自己是毛泽东的文艺思想的坚定实践者，这并非政治迎合，而是渗透着个人的创作经验，需要放在具体的历史语境中重新阐释。

"文艺大众化"是赵树理认可毛泽东《在延安文艺座谈会上的讲话》的重要方面。赵树理说，毛主席的《在延安文艺座谈会上的讲话》"传到太行山区之后，我像翻了身的农民一样感到高兴。我那时虽然还没有见过毛主席，可是我觉得毛主席是那么了解我，说出了我心里想要说的话。十几年来，我和爱好文艺的熟人们争论的、但始终没有得到人们同意的问题，在《讲话》中成了提倡的、合法的东西了。我心里有一种说不出的高兴。因为这是关系到中国几亿读者的大问题,要满足这样广大的读者的要求,不是一两个,几十个,几百个作家能包下来的事。这是必须动员全体文艺界一起来干的伟大的革命事业。"① 虽然如此,新中国成立后,赵树理却不得不承受两方面的压力。

其一,关于文艺大众化,赵树理不得不受制于共和国文学格局的等级秩序。赵树理对自己的"大众化"创作充满自信,他的主要依据是农村有着深厚的文艺传统、有着现实的需要,有着广大的接受群体。因此,他提出:

> 咱们这个国家,这个民族传统(包括文章在内)很长,地方戏曲、中国画、山东快书、评书、竹板书,都可以听听。我自己是有心学民族的东西。有人听外国音乐、听钢琴、听小提琴才能进入艺术环境;中国的农民听了喇叭响、胡琴响,才能进入艺术环境。听评书的人听了五分钟以后就不想走。我们要用欣赏的态度多听一些,乡下人叫"耳满"了,写起东西来也不知是从什么地方就受了影响。②
>
> 我所要求的主要读者对象是农民。不要过低估计农民的艺术水平。老一代的农民,虽说有好多人不识字,可是看戏、听说书都是他们习惯了的艺术生活,一听了那些声音,马上就进入艺术环境。这个广大的艺术阵地,过去多为挟带着封建性的作品所占领,"五四"的新文化运动,主要对象是知识分子,尚来不及把占领这一阵地提到议事日程上。毛主席《在延安文艺座谈会上的讲话》发表后,我们要接收这个阵地了。要接收

---

① 引自戴光中《赵树理传》,第 174 页。
② 赵树理:《在北京业余作者短篇小说创作座谈会上的发言》,《赵树理全集》第六卷,第 127 页。

这个阵地，就得先看看这原阵地上有些什么可接受的财产——也就是民间文艺传统的可利用为基础而加以发展的东西。①

在赵树理看来，文艺首要的任务仍是能否通俗化并为大众所接受，因此，中国民间文艺形式、农村文化的实际状况、农民的文艺趣味等必须予以重视。赵树理这方面的论述充满了论辩的意味：

> 我以为近来还有一些人对"普及"的理解有些偏向——把"普及"和"通俗"的意义混为一谈。"通俗"是普及的一个条件，但那只是照顾到群众的语言习惯和知识范围（如学术上的一些概念）而不是照顾到群众文学艺术基础的全部。一个文盲，在理解高深的事物方面固然有很大的限制，但文盲不一定是"理"盲、"事"盲，因而也不一定是"艺"盲……要是多注意一下群众平常爱听什么书、爱看什么戏、领略惯了那些东西之后其精神状态有过些什么变化，就不至于把既不艺术，又宣传不好政治的东西强往群众眼睛里塞了。②

在这里，能够明显感到，普及的、大众化的文学仍然处在较低的位置上；从中既可以辨别出现代文学某种等级观念的延续，也可以看到共和国文学的复杂形态。

事实上，新中国成立后的文坛格局中，且不说解放区、国统区和沦陷区作家们不同的背景、经验和理念等决定了他们各自的文学取向，即便在解放区文学内部也存在着巨大的分歧。1956年，赵树

---

① 赵树理：《不要急于写，不要写自己不熟悉的》，《赵树理全集》第六卷，第145—146页。

② 赵树理：《供应群众更多、更好的文艺作品》，《赵树理全集》第四卷，第483—484页。

理谈道：

> 到北京以后，王（春）对丁玲、艾青、沙可夫三同志也有过"自然领导者"的议论，并向我说"东总布胡同那一伙只是些说空话的。"他说："好猫坏猫全看捉老鼠捉得怎么样，你最好是抓紧时机多捉老鼠，少和人家那些高级人物去攀谈什么，以免清谈误国。"他说："文联的作用只是'开会出席、通电列名'，此外不能再希望有什么成绩。"又说："我们见的文联非只一个，也非只见过一时，不论怎么组织，怎么整顿，结果都是一样糟，恐怕这种团体只能如此，不要再有什么幻想。"我对文联的看法大体相同，所以对他的说法十分佩服。这以后我就主动躲着文联走。①

1958年，赵树理针对当时的文坛提出："我们过去的专家，应该说有两种：一种是专业艺人及中国民间传统文艺爱好者；另一种是新文艺工作者。这两种专家之间，好像有些隔阂或者说是门户之见。"② 赵树理对"门户之见"背后的等级设定尤其不满。赵树理说："'通俗'这个词儿虽然大家习用已久，可是我每次见到它的时候都觉得于心不安……用这个词儿，不但对普及工作者有点下眼看待，就是对占着大地盘的'文艺'也未免有点不敬。"③

更为核心的问题是，五四文学和知识分子的文艺传统并不能满足农村的文化需要，甚至未曾被普通民众感知到。在《"普及"工

---

① 赵树理：《我的宗派主义》，《赵树理全集》第四卷，第493页。针对新中国成立后的文学界的分化和对立，周扬专门开了会，并说："咱们都是共产党员吧，不能再这样搞门户之见，以后你们东总布胡同不要批评赵树理，西总布胡同也不要批评丁玲，谁要批评这两位同志，都得经我批准。"董大中编：《赵树理年谱》，第386—387页。

② 赵树理：《从曲艺中吸取养料》，《赵树理全集》第五卷，第265页。

③ 赵树理：《彻底面向群众》，《赵树理全集》第五卷，第269—270页。

作旧话重提》中，赵树理不无激动地说道：

> 普及工作一向是靠哪一方面做的？做得如何？提高工作是否真正为普及所决定？是否真正指导了普及工作？工农兵还算不算我们服务的对象？我们直接为他们服了多少务？这一切问题，好像早已都解决了，而实际上，不但是问题没有解决，工农兵绝大多数就还不知道社会上有这么一"界"，叫"文艺界"[①]。

一方面，新文艺和通俗文艺的明显分界及其等级秩序，另一方面，群众不习惯新文艺。赵树理特地谈道："翻译的东西读惯了，受了影响，说话写东西也移植过来，就成了问题，这会限制读者的圈子，限制在知识分子中，工农分子读不了。"[②]

由此，赵树理重新梳理了现代文学和民间文艺的关系。在赵树理看来，民间文艺蕴含了知识分子文学所不及的高级形式。他说：

> 我认为曲艺的韵文是接受了中国诗的传统的，评话是接受了中国小说的传统的。我觉得把它作为中国文学正宗也可以。从这一点出发，我认为曲艺应该产生高级的东西，而且事实上已经产生过高级的东西。曲艺是高级的，同时又是普及的。
>
> 这些东西实在不能小看，各地演出的《白蛇传》的作者，可以说都是了不起的，我们不能不承认他比我们高（虽然那些东西不是一个人写的），我们有些东西还不能形成他们那样深

---

① 赵树理：《"普及"工作旧话重提》，《赵树理全集》第五卷，第32页。
② 赵树理：《在长春电影制片厂电影剧作讲习班的讲话》，《赵树理全集》第六卷，第42页。

刻的印象，而他们形成了。评书（以及曲艺中的其他曲种）直接和群众在一起，是和群众没有脱离关系的文学形式，我们小看它就会犯错误。①

因此，赵树理提出现代文艺和民间文艺的高低之分是不恰当的，它们各有各的传统，他说：

> 中国的传统优秀作品和西洋优秀作品都是优秀作品，各有长处。有的想把曲艺"提高"成为西洋的东西，把曲艺提高成"歌剧"，这是不正确的。
> 我们要接受外来的东西，但不要硬搬。演话剧就要演好话剧，不是把地方戏曲变成话剧。参考西洋歌剧创作自己的民族歌剧是可以的，不要把民族东西洋化了。参考外国小说对写中国小说有很大的帮助，但各个民族有自己的特点，不要把中国东西写成外国的，参考外国的写成中国的东西才是正确的创作道路。②

于是，关于普及和提高，赵树理提出了折中的方案，即：

> 第一种看法是听了毛主席的话，先向群众学习，深入体会群众的文学艺术兴趣，然后从这个基础上运用自己的艺术本领，为群众造出既合乎口味又有进步意义的艺术品。这种艺术品是高级的，但同时也可以普及……第二种对普及前途的看法则是不承认群众的传统能产生艺术，而要以新文艺的传统来代

---

① 赵树理：《从曲艺中吸取养料》，《赵树理全集》第五卷，第259、262页。
② 赵树理：《谈曲艺创作》，《赵树理全集》第四卷，第465—466页。

替。他们对广大群众不能接受并不着急，而以为只是时间问题。他们说现在的群众没有进过学校，没有足够接受这种艺术的文化基础，等到下一代教育普及了自然就接受了。我对这种看法不完全反对，只是我觉得有两个缺陷：第一是把再没有机会进学校的人们关在艺术大门之外，第二是用一个传统消灭另一个传统。经过"五四"所创之统是宝贵的，是应该继承的，但为更多数人所熟悉所喜爱之统就不应继承吗？再不能上学的人就不应该有接受艺术的机会吗？我们的下一代把两个统都继承起来不更好吗？为什么要有计划有步骤地来消灭一个呢？我以为把民间传统继承下来是有必要的。"为工农兵"首先应该为今日的工农兵，至于对几十年后的工农兵自然也有责任，不过那个主要责任还是让几十年后的作家们、艺术家们自己去负好了。不幸的是在今天的文艺界中抱第二种前途观的是多数。①

除了文艺观念的问题，更麻烦的是谁来继承并发展农村传统，因为实心实意为农民服务的乡村文化人却几乎没有，旧的文艺传统断掉了，现代文艺进入农村却不能发挥应有的作用。赵树理提出：

> 我们应该有多少兵打多大仗，县里的文化领导应该注意自己的队伍。省文联和全国文联是供应部门，应该查一查水为什么到不了用户那里，应该检查我们的东西为什么拿不下去。形式问题不是全部问题，不是主要问题。《三国》是半文言的，农民也看不懂，但有人讲，农民中流传很广。过去有很多艺人是真正的文化工作者，他们改编作品，向群众宣传，不能登报，不拿稿费。现在却没有人改编，农村有剧团而没有戏，好

---

① 赵树理：《"普及"工作旧话重提》，《赵树理全集》第五卷，第34—35页。

像有水管没有水一样。

旧中国农村,小孩子有成套的游戏方式,老人们有许多小故事。有聚集的地方,如光棍家里,冬夜里有许多人说鬼,说狐,说狼,说蛇等等。多少有点文化的老病号,看了故事就说,很受欢迎。过年是很热闹的。娶媳妇,过满月,亲戚们见了面,说不完的话。八音会是很好的,最爱好的人,在自己家里贴上油,贴上东西,任劳任怨,是好"俱乐部主任"。旧的结婚仪式是不好的,但新结婚仪式该如何,全国没有统一规格。旧结婚仪式上有不少是文艺的东西。现在的俱乐部主任不如旧社会人家那个"主任"。有的俱乐部在初办时还有几本书,还有人去,过几天就少了,再过几天俱乐部主任感到寂寞,索性就关门了,生产队买回化肥没处放,就放在俱乐部,再过些时候,就干脆取消了。旧的"俱乐部"是没有了,但新的没接上。农民不能老是劳动,劳动,再劳动。唱戏是接上了,庙会变成了物资交流会,但交流不到多少东西。咱们的水塔上的水很大,但管子太多,不能满足。旧文艺几千年,新文艺几十年,不能比。要认识这个基础。[①]

赵树理关于普及与提高提出的问题可谓切中时弊,他对新文艺不能进入农村的状况是忧心的,对新文艺群体排斥民间文艺的做法极为反感。可是实际状况却是,"在两种传统下的文艺队伍,以总人数论是民间传统方面的多,以思想、能力论是新文艺传统方面强得多——作家、艺术家、文学艺术团体、各种报纸杂志、几乎全部是新文艺传统的成员。至于民间传统方面的力量可怜得很,写写不出来,印印不出来,按理说应受着'提高'的指导,实际上也理解

[①] 赵树理:《文艺面向农村问题》,《赵树理文集》第六卷,第207—208页。

不了指导之处何在，如何接受指导，旧的遗产不尽合乎现代精神，新的创作还远远赶不上旧的水平，真是不知如何是好。可是以服务的范围来说，新文艺传统方面的工作，面对的是干部和受过中等教育以上的知识分子，而民间传统方面的工作则面对的是数量超过前一种对象若干倍的广大群众"①。笔者无意将赵树理文学与"五四"新文学对立起来，而是意在指出赵树理所实践的文艺形态主要依托于农村的物质空间，他持续地以自己的努力来回应这些问题。可是，赵树理这样有着深厚现实基础和实践意义的经验和作品，在新中国成立后的革命文学格局中却逐渐被排斥。

其二，毛泽东的《在延安文艺座谈会上的讲话》为赵树理的文学实践打开了新的空间，在"普及"的意义上，作家找到了自己的位置；随着实践的发展，赵树理试图重新梳理"普及"与"提高"的关系，然而，赵树理和毛泽东实际上有着重要的区别。毛泽东提出："人民要求普及，跟着也就要求提高，要求逐年逐月地提高。在这里，普及是人民的普及，提高也是人民的提高。而这种提高，不是从空中提高，不是关门提高，而是在普及基础上的提高……所以，我们的提高，是在普及基础上的提高；我们的普及，是在提高指导下的普及。"② 关于普及与提高的关系，毛泽东的说法是辩证的，也颇为通透。按照《在延安文艺座谈会上的讲话》的本意，无论普及还是提高，其根本上植根于人民的生活，即："一切种类的文学艺术的源泉究竟是从何而来的呢？作为观念形态的文艺作品，都是一定的社会生活在人类头脑中的反映的产物。革命的文艺，则是人民生活在革命作家头脑中的反映的产物。"③ 而且人民生活

---

① 赵树理：《"普及"工作旧话重提》，《赵树理全集》第五卷，第35页。
② 毛泽东：《在延安文艺座谈会上的讲话》，《毛泽东选集》第三卷，第862页。
③ 同上书，第860页。

"是唯一的源泉,因为只能有这样的源泉,此外不能有第二个源泉"①。

问题在于,虽然人民生活是艺术的唯一源泉,可是,"人民生活在作家头脑中的反映"需要通过文艺形式来予以传达,这显然是一个颇为复杂的过程。毛泽东的说法是:

> 有人说,书本上的文艺作品,古代的和外国的文艺作品,不也是源泉吗?实际上,过去的文艺作品不是源而是流,是古人和外国人根据他们彼时彼地所得到的人民生活中的文学艺术原料创造出来的东西……中国的革命的文学家艺术家,有出息的文学家艺术家,必须到群众中去,必须长期地无条件地全心全意地到工农兵群众中去,到火热的斗争中去,到唯一的最广大最丰富的源泉中去,观察、体验、研究、分析一切人,一切阶级,一切群众,一切生动的生活形式和斗争形式,一切文学和艺术的原始材料,然后才有可能进入创作过程。②

从道理上讲,可以从人民大众的生活基础上产生较高的形式,亦即解决提高问题。然而,不同的文艺传统并没有在毛泽东所说的"唯一的最广大最丰富的源泉中"获得和谐的状态,也没有在此后的文学实践中达成一致,甚或获得更高的广为接受的形式。那么,提高的方向在哪里?

新中国成立后,文学更高的指向如周扬所说的:"我们的作品是有思想内容的,因为它们反映了人民的斗争、人民的思想、意志、情绪,但思想性还不够,必须提高一步。一切前进的文艺工作

---

① 毛泽东:《在延安文艺座谈会上的讲话》,《毛泽东选集》第三卷,第860页。
② 同上书,第860—861页。

者必须站在像黑格尔所说的时代思想水平上；今天具体地说，就是站在马列主义毛泽东思想的水平上。"①所谓"提高一步""站在马列主义毛泽东思想的水平上"对文学显然已经提出了更高的要求，其内含当然不是赵树理所理解的"曲艺是高级的，同时又是普及的"。在毛泽东这里，所谓"提高与普及"不单是文艺传统和形式的问题，核心应该是社会主义高级文化的问题。正如毛泽东所说："提高要有一个基础。比如一桶水，不是从地上去提高，难道是从空中去提高吗？那么所谓文艺的提高，是从什么基础上去提高呢？从封建阶级的基础吗？从资产阶级的基础吗？从小资产阶级知识分子的基础吗？都不是。只能是从工农兵群众的基础上去提高。也不是把工农兵提到封建阶级、资产阶级、小资产阶级知识分子的'高度'去，而是沿着工农兵自己前进的方向去提高，沿着无产阶级前进的方向去提高。"②因此，毛泽东所谓的提高不是赵树理理解的评书、曲艺中的高级形式，而是根据无产阶级世界观、阶级意识提高的高级文化。毛泽东认为农民必须无产阶级化，而且是可以做到的，文学应当以此作为提高的依据。赵树理对此是有保留的，赵树理认为当然会有积极分子和优秀的共产党员，但是，一来不是所有的农村问题都可以通过阶级斗争来解决，二来对大多数农民来讲，他们可以顺着时代的潮流前进，但是很难置身时代的潮头并引领历史。

因此，社会主义文学的论争焦点大都集中于典型人物、英雄人物、倾向性等话题。李杨提出："可见，在毛泽东那里，'普及'只是一个相对于'提高'才有意义的概念，没有'提高'为'普

---

① 周扬：《新的人民的文艺》，《周扬文集》第一卷，第529—530页。
② 毛泽东：《在延安文艺座谈会上的讲话》，《毛泽东选集》第三卷，859—860页。

及'提供超验的目标,'普及'就变成了媚俗,也就不是普及了。"① 李杨的说法自有其道理。问题是,超验的激情化、激进化的叙事往往忽略了现实中遇到的实际问题,虽然赵树理的"普及"被目为缺乏超验目标,但却直指农村中遇到的现实问题。当然,革命文学中现象与本质、经验与超验、现实与远景等话题显然蕴含着更为丰富的讨论空间。

第二节 写"实"文学与现实主义文学的分歧

通过前文的辨析,可以看出赵树理文学的意蕴并非革命文学所能涵盖,而是有着独特的内涵。只是,新中国成立后,革命政党对文学提出了新的要求,文学要承担全新的历史使命。一方面,实践要求重塑乡村与政党政治的关系,另一方面,国家强有力地介入乡村之中,而且此时国家不单是某个文学意象或符号,而是切切实实的现实力量。国家要从整体上给社会以重新的规划、安排,这是一个利益重新分配和调整过程。由此造成了政党政治、国家和乡村之间纠结不清、欲理还乱的复杂关系,其中大的方面包括国际、国家、城市和乡村等方面,小的包括普通人的情感和伦理、日常生活等问题,它们都由于历史变革造成的巨大震荡而处于不稳定状态。

新中国成立后,赵树理文学与"赵树理方向"显然是不相称的。解释这一现象,需要从文学形式分析入手。首先应当关注的是《太阳照在桑干河上》《暴风骤雨》和《创业史》等具有重大影响

---

① 李杨:《抗争宿命之路——"社会主义现实主义"(1942—1976)研究》,第92页。

的"主流"作品，围绕它们的论争，为我们提供了进入这段历史的钥匙。"社会主义现实主义"文学原则的提出，实质上就是要求将生活世界纳入全新的政治的、历史的意识当中，赋予时间以意义，并塑造新的历史形象。

周立波谈《暴风骤雨》的创作时说，东北地区的"土改，好多地方曾经发生过偏向，但是这点不适宜在艺术上表现。我只顺便地捎了几笔，没有着重的描写。没有发生大的偏向的地区也还是有的。我就省略了前者，选择了后者，作为表现的模型。关于题材，根据主题，作者是要有所取舍的。因为革命地、现实主义地反映现实，不是自然主义式的单纯的对于事实的摹写。革命的现实主义的写作，应该是作者站在无产阶级立场上、站在党性和阶级性的观点上所看到的一切真实之上的现实的再现。在这再现的过程里，对于现实中发生的一切，容许选择，而且必须集中，还要典型化，一般地说，典型化的程度越高，艺术的价值就越大"[①]。陈涌评价《暴风骤雨》时对其人物创造极为称道："周立波同志显然是把创造新人物的美好形象作为自己的艺术创造的十分重要任务。创造新人物的美好形象，便不是现实人物的简单的摹写，而是现实人物的更集中更理想的表现。"[②] 其中取舍、集中、典型化的过程，李杨从毛泽东文艺思想的角度进行分析，这种写法关注的"不仅仅是文学艺术，而是整个有关现代国家的叙事的形式问题"[③]。冯雪峰在对《太阳照在桑干河上》的评论中提出："我看，作者很遵守这一条规律：人物性格的发展要一步一步跟着斗争的发展，要紧紧地联系

---

① 周立波：《现在想到的几点——〈暴风骤雨〉下卷的创作情形》，原载《生活报》1949年6月21日，引自李华盛、胡光凡编《周立波研究资料》，湖南人民出版社1983年版，第287页。
② 陈涌：《读〈暴风骤雨〉》，《文艺报》1952年第11、12期合刊。
③ 李杨：《抗争宿命之路——"社会主义现实主义"（1942—1976）研究》，第84页。

着斗争；人物的特征只选用其重要的、有社会内容的，而凡是和斗争的发展规律不相符合或没有有机地需要的行动、说话与思想，都不勉强放进人物身上去，否则就是不适合，失去有机性或多余了。但如此说，人物并不是处在被动的地位上，这是用不到解释的，因为斗争是人在进行的，而人是在矛盾斗争中发展的。这样，人物就能反映他的社会本质而构成他的典型性了。"① 因此，茅盾在一篇文章的开头就提出："文学作品的主要任务是塑造典型人物。时代的风貌，阶级斗争之时代的特征、人物的思想变化，等等，都必须通过人物的活动，然后才能获得艺术的形象。"② 这些批评已经勾勒出了中国"社会主义现实主义"文学的核心观念。这正是费约翰对中国现实主义文学独特贡献激赏的原因，他提出：

> 在中国，现实主义锻造了一种文学和政治风格，从而弥补了唯物史观的不足，这种风格恢复了文字的流动与历史运动——文学和政治上的代表/表现的衰败，似正在图谋对它进行歪曲——之间的直接关联。中国并不是它自己所梦想的那个中国。通过表现和实现这些梦想，现实主义者和唯物主义者承担了恢复这些关联的责任。现实主义文学对政治的一个重要贡献，就在于为激进的梦想提供了领地。当帝国这一古老的社会想象丧失其时，新文学带来了一个新世界的承诺，它超越了古典文学不曾想象过的那个无所不在的世界。
>
> 政治和文学中的代表/表现，围绕如下理念汇合到一起，即揭示出压迫的神秘根源和社会内部的社会意识。现实主义者

---

① 冯雪峰：《〈太阳照在桑干河上〉在我们文学发展上的意义》，《文艺报》1952 年第 10 期。

② 茅盾：《一九六〇年短篇小说漫评》，《文艺报》1961 年第 4 期。

接近了一个实际世界,它仿佛只是隐藏在表层现象之下的更深层力量的外在表现,他们适时地掀开了这些表象,以揭示出启迪人民的革命的可能性。①

中国革命文学"现代国家的叙事形式"的确立主要通过外来人模式和典型人物的写法来完成和实现的。

关于外来人模式,按照蔡翔的说法实际上契合了中国革命政治的动员结构,即:"在某种意义上,这一'改造—动员'的叙事结构恰好对应着中国当代的社会政治结构。"② 外来者当然不只是一种叙事模式的建构,其背后更深的意义在于将先进的革命意识灌注到乡村世界内部,政党由此动员基层群众。蔡翔注意到赵树理文学的特殊性:"赵树理似乎倾向于认为,革命的意义并不是来自于外部,而是根植于这个世界内在的'情理'。"③ 贺桂梅也提出了类似的看法:"两篇小说更重要的差别在情节上:《李家庄的变迁》中小常短暂出现便消失了,而《红旗谱》中贾湘农却始终是一个启蒙者和领导者。这种差别意味着,赵树理将农民的革命思想表现为乡村内部的引爆,而梁斌则更多地展示了其如何从外面输入乡村的过程。"追溯其原因,贺桂梅提出:

可见,赵树理所想象的"世界",并不是"别一个"世界,而是恢复并重建一个"合情合理的世界"。这所谓的"情"和"理",既是传统乡村文化伦理的重建,也是农民所渴望和理解的理想伦理法则。可以说,赵树理所描绘的"现

---

① [美]费约翰:《唤醒中国:国民革命中的政治、文化和阶级》,李恭忠等译,刘平校,生活·读书·新知三联书店2004年版,第480、486页。
② 蔡翔:《革命/叙述:中国社会主义文学—文化想象(1949—1966)》,第74页。
③ 同上书,第229页。

代",并非一个全然的外来物,而在很大程度上借重了乡村传统秩序这一中介,因而其面貌便颇为独特。①

费约翰指出了现实主义文学更为实质的一面:"中国的现实主义者渴望将他们对表现的信念扩展到社会和政治行动领域。"② 关于1949年之后现实主义文学和乡村变革的关系,李杨敏锐地提出了一个关键性问题,"在社会主义叙事中,土地和农民远远不是革命的终结,而只是一个起点"③。问题在于,中共主导的乡村革命在带来巨大变革的同时,也带来了严重的问题。李杨在论证小说为中国革命奠基话语合理性的同时,却没有讨论何以无论在实践层面还是在叙事层面都危机不断?赵树理小说揭示出了外来政治、国家给乡村带来问题,在现实主义文学叙述中,却很容易被当成暂时的现象而被忽视。

与此相关,是典型人物的问题。典型人物意味着人物有跃出乡村的可能,与抽象的政治世界实现沟通以及和国家建立起联系。这一写法构成了新中国成立后中国文学的重要观念。在此,巴赫金关于"成长小说"的说法或许更富启发性,巴赫金讲到:

> 在诸如《巨人传》、《痴儿历险记》、《威廉·麦斯特》这类小说中,人的成长带有另一种性质。这已不是他的私事。他与世界一同成长,他自身反映着世界本身的历史成长。他已不在一个时代的内部,而处在两个时代的交叉处,处在一个时代向另一个时代的转折点上。这一转折寓于他身上,通过他完成

---

① 贺桂梅:《再思赵树理文学的现代性问题》,贺桂梅:《赵树理文学与乡土中国现代性》,第116页。
② [美]费约翰:《唤醒中国:国民革命中的政治、文化和阶级》,第481页。
③ 李杨:《抗争宿命之路——"社会主义现实主义"(1942—1976)研究》,第111页。

的。他不得不成为前所未有的新型的人。这里所谈的正是新人的成长问题。所以,未来在这里所起的组织作用是十分巨大的,而且这个未来当然不是私人传记中的未来,而是历史的未来。发生变化的恰恰是世界的基石,于是人就不能不跟着一起变化。①

典型人物是中国现代文学和革命文学所共同要求的,正是通过人的内在历史意识内部的生成,重新界定和构建了自身与生活环境或历史,哪怕只是在叙事上的建构,都大大影响了人们关于自身和历史关系的理解和想象。这样的叙事模式在中国现代文学和革命文学中并不鲜见,而这既是中国现代性,也是中国革命的起点和动力。然而,这一写法成为主流之后,却带来了模式化的问题。1956年,秦兆阳批评道:

> 正因为我们在这些问题上有一些糊涂观念,于是,就发生了多种多样的、在一些具体问题上的混乱思想,例如,不应该写过去的题材呀,过多地从是否配合了任务来估计作品的社会意义呀,出题目做文章并限时交卷呀,必须像工作总结似的反映政策执行的过程呀,以各种工作方法为作品的主旨和基本内容而忘记了人物形象呀,不应该写知识分子呀,不应以资本家或地主富农为作品中的主要人物呀,作家最激动和最熟悉的"过去的题材"不要写而硬要去写那些不激动不熟悉的东西呀,生活本身就是公式化的呀,离开了形象及其意义去找主题思想呀,用行政命令的方式去领导创作呀,政治加技术(艺术)

---

① [俄]巴赫金:《教育小说及其在现实主义历史中的意义》,《巴赫金全集》第三卷,第228页。

呀……还有：我提倡写新人物，你就不应该写落后人物呀；如果你写了落后党员，就是"歪曲共产党员的形象"呀；创造新人物最好是按照几条规则来进行呀；大家都习惯地把人机械地分成先进人物与落后人物两大类呀；写先进人物不应该写他有缺点和一定要写缺点呀；机械地把生活内容分成主要矛盾和次要矛盾，并用之作为衡量作品的标准呀；把对作品的批评变成对作家的政治鉴定呀；文艺刊物都机械地忙于配合当前任务呀……还有：你说描写新英雄人物才是"社会主义精神"呀，我又说反映矛盾冲突才是"社会主义精神"呀，而他又说人道主义精神才是"社会主义精神"呀……[1]

在赵树理的小说世界中，人物虽然感知到历史的变化，并且参与其中，但是在参与的过程中，似乎并没有带来人物内在意识的变化，尤其没有引起人对自身和历史之间关系的全新理解和认定。而对历史变化的认知，也只是流于一般的、基于日常生活的理解。这显然无法满足社会主义的文学界定和期待。

那么，需要追问的是，赵树理小说中的人物是以何种方式与历史发生联系的？这一联系方式是否有其本身的意义？其为何会与现代文学或革命文学发生冲突？

事实上，赵树理小说中的人物在面对生活困境和重大事件的时候，当然不是一无所动，只是人物行动更多地发乎人物的性格、感觉等，如《李有才板话》中的李有才、《李家庄变迁》中的冷元和白狗，后期的小说《套不住的手》中的陈秉正等。按照贺桂梅的说法："他的小说人物的被动性因素，一方面表现的是某种'历史的真实'，即农民在中国革命历史中所处的位置和他们获得历史意识

---

[1] 何直：《现实主义——广阔的道路》，《人民文学》1956年第9期。

的方式;另一方面也可以说,他依照农民生存方式和精神结构的'现实',拒绝或否定了那种以个人主义作为意识形态实践方式的人物主体想象。"① 这样的人物性格,显然很难满足革命文学的需要。因为革命文学不但需要人物在内在的精神世界里与革命水乳交融,也需要人物的不断成长来跟进不断变化的革命形势,并且,代表革命真理和历史方向的"典型人物"正是其极力召唤的对象。这一人物形象及其成长所担当的历史功能显然不是赵树理小说中的人物形象所能提供的,然而,正如前文所言,赵树理认为不借助于民间文艺形式,新文艺很难获得乡村世界的实感,往往流于表面。因此,从赵树理的角度可以反问,为什么一定要把目光限制在人物身上呢?为什么一定写典型人物才是代表了历史本质呢?一定要做到"每一个人物的出场都不是偶然的,现代叙事的意义就在于把纷乱的世界组织到一个由过去现在未来组成的明晰的线性发展过程之中去,每一个事件都有它的原因,每一个人物的出现都有它的寓意"②,这才算典型么?

赵树理一直确信自己的文学是"老百姓喜欢看"的,他曾经建议扮演过白毛女的田华和其他演员,最好常到附近农村去,"把《三里湾》这本小说也带去,闲时给农民读一读,这样做很有好处,农民听了《三里湾》的故事,立刻会从本村里找出类似《三里湾》中的一些人来,这样就可以拜访这些活的一阵风、王玉生,活的糊涂涂、常有理,和他们交交朋友。"③ 赵树理希望通过自己的作品来感染人教育人,他提到:

---

① 贺桂梅:《赵树理文学的内在历史视野》,贺桂梅:《赵树理文学与乡土中国现代性》,第 90 页。
② 李杨:《抗争宿命之路——"社会主义现实主义"(1942—1976)研究》,第 89 页。
③ 赵树理:《谈〈花好月圆〉》,《赵树理全集》第五卷,第 23 页。

俗话常说："说书唱戏是劝人哩！"这话是对的。我们写小说和说书唱戏一样（说评书就是讲小说），都是劝人的。从前有些写小说的硬说他们自己的目的只是"写小说"，一提到小说是劝人他们就火了——他们自以为有了"劝人"的目的就俗气了。其实不论他们自己赞成不赞成，他们仍然是为了"劝人"才写。凡是写小说的，都想把他自己认为好的人写得叫人同情，把他自己认为坏的人写得叫人反对。你说这还不是劝人是干什么。

再者，我们写小说的意图虽说在于劝人，可是和光讲道理来劝人的劝法不同——我们是要借评东家长、论西家短来劝人的。小说里写的主要人物，没有一个是真名实姓的（人真事不真叫"演义"小说，现在没人写了）；小说里写的事情，也没有一件是真帮实底的（有时候也写真人真事，不过那不叫小说），可是类似那样的人、那样的事，又是随处可以找到的。为什么要那样写哩？因为不用真名实姓和真实事件，便容易把各类人物的特点集合在少数人身上、通过比较简短的故事表现出来，让读者作者都省点事。初看起来，那样写好像比写真人真事自由得多、容易得多，而实际上却是比写真人真事困难得多。评论一篇小说写得好坏，首先就要看书中的主要人物代表性如何，因此写一个有代表性的小说人物，就不能像写真人那样只了解被写的那个本人，而是要了解性格相同的一大串人；在了解的次序上还不是先了解一个人而再去找寻和他性格相同的人，而是在生活中无意地先后接触到那样一串性格相同的人，然后才概括成为那样一个人。我们主观上自然是想写出有普遍代表性的人物来，实际上做到了几分，也要看我们自己的政治修养、深入生活的程度及概括能力如何来决定的。这也只有把作品送到读者手里去考验一下才能知道的。①

赵树理有自己的一套想法，他所理想的"典型人物"应该是陈秉正、潘永福等实干人物。然而，在异常激烈的政治与文学相互辩证的历史中，无论在文学形式、人物形象还是问题意识等方面，赵树理显然被历史推拒得很远。

赵树理的小说创作提出了一个重要的问题，典型人物的本质化叙事与生活真实是什么关系？一旦典型人物窄化为英雄人物，就会造成对文学真实性的抑制。这一问题已被当时论者注意到，邵荃麟就提到："典型是社会本质的力量，有它的道理，但也容易被误解。只写阶级本质，结果面孔一样。"② 由此，我们就会明白赵树理何以会说："《小二黑结婚》没有提到一个党员，苏联的作品总是外面来一个人，然后有共产主义思想，好像是外面灌的。我是不想套的。农村自己不产生共产主义思想，这是肯定的。"③ 赵树理重塑了日常生活中人们应对历史的意识和行动，这是革命文学中典型人物的写法所忽略、遗落的历史事实，而这又是革命实践所必须面对的。

当然，以西方的文学标准来看，赵树理文学似乎离"经典文学"也相去甚远。日本学者洲之内彻说："赵树理创造的人物，只不过具有社会意义、历史价值的影子而已，实际上他们连反对社会权威的战斗都没有参加过。新的政府和法令，如同救世主一般应声而到。道路是自动打开的。"④ 因此，研究者认为赵树理小说中的政

---

① 赵树理：《随〈下乡集〉寄给农村读者》，《赵树理全集》第六卷，第164—165页。
② 邵荃麟：《在大连"农村题材短篇小说创作座谈会"上的讲话》，引自洪子诚主编《中国当代文学史·史料选》上，长江文艺出版社2002年版，第510页。
③ 赵树理：《在大连"农村题材短篇小说创作座谈会"上的发言》，《赵树理全集》第六卷，第83页。
④ ［日］洲之内彻：《赵树理文学的特色》，黄修己编：《赵树理研究资料》，第406页。

治书写过于简单,洲之内彻的说法是:"赵树理的世界是一元化价值的世界。不具有人和社会对立的价值。总的说来,具有社会的历史的价值。有意义的是历史,由于人物站在正确的历史的立场上,而他的意义和人物本身是一个东西。赵树理的乐观主义就是建立在这种一元论之上的。"[1] 洲之内彻的历史态度和文学观念是从现代的个人主义的角度出发的,因此他会说"人与社会的对立"是"现代人面临的巨大苦恼之一"。按照这一标准,小说似乎缺乏现代小说的某些质素,比如,没有典型人物、缺乏环境描写,人物与环境没有同步成长,等等。问题是,一旦将个人作为理解历史的基本的依据,并将个人和社会的对立当成问题的起点和基本的叙事形式,那么,无论表述得怎样丰富,骨子里仍是对某种一元价值的狭隘坚守。有趣的是,日本学者竹内好的看法相反,他敏锐地指出,"赵树理对这一问题的处理办法,是在创造典型的同时,还原于全体的意志。这并非从一般的事物中找出个别的事物,而是让个别的事物原封不动地以其本来的面貌溶化在一般规律性的事物之中。这样,个体与整体既不对立,也不是整体中的一个部分,而是以个体就是整体这一形式出现。"[2] 竹内好认为赵树理的小说是既超越了现代文学,又超越了革命文学。从文学形式的角度,这是一个重要的发现,给人很大的启发。只是在竹内好分析的《李家庄的变迁》中,铁锁和环境才是交融的,而在此后的乡村变革中,如《"锻炼锻炼"》中的小腿疼、吃不饱等和乡村实际上处于纠缠不清的状态,而竹内好的解释方式显现出了极大的局限性。

由于赵树理文学过于贴近——或者说胶着于具体问题,李杨指出:"由于赵树理的这种近视性,他的小说叙事性是一种被动的叙

---

[1] [日]洲之内彻:《赵树理文学的特色》,黄修己编:《赵树理研究资料》,第406页。
[2] [日]竹内好:《新颖的赵树理文学》,黄修己编:《赵树理研究资料》,第430页。

事性，因为当时中国共产党已经开始了全面组织现代国家的叙事，党的政策都是这种叙事话语的基本组成部分，赵树理的'革命功利主义'使他的小说进入现代小说的行列，但由于他处于对现代性不自觉的状态中，他不能够主动地进行叙事，与此同时，叙事在一日千里地发展，这种被动的叙事状况使他总是只能跟在'时代'后面行走，却不能走到'时代'的前头去。"① 李杨看到了赵树理小说和政治的密切关系，不过，赵树理的"被动""落后"显然不是因为"近视"，而是看到了"全面组织国家叙事"和现实之间的巨大裂缝，赵树理无法看到在叙事与历史的辩证中解决问题的契机和可能。因此，在一次发言中，他谈道：

> 正面人物不好出来是因为：过去干部和我们一块研究引导群众，现在干部也和我们打起埋伏来了。国家利益与集体利益矛盾是最使人头痛的，把这放过去找英雄人物，完成征购任务一样地脱离群众。
>
> 正面人物不正了嘛！
>
> 我没有胆量在创作中更多加一点理想，我还是相信自己的眼睛。②

正因为如此，赵树理后期的创作已经无法把握并回应现实的问题。在这一意义上，赵树理真正进入了人民公社时期的难题，其显然很难在文学叙事的层面来予以解决。

---

① 李杨：《抗争宿命之路——"社会主义现实主义"（1942—1976）研究》，第88页。
② 赵树理：《在中国作协作家、编辑座谈会上的发言》，《赵树理全集》第六卷，第265页。

第三节　乡村向何处去：赵树理难题再认识

　　从文学和政治的关系的角度来解释"赵树理方向"的起伏兴衰，显然不能让人满意。前文已经提到，赵树理首先是问题中人，其次才是作家。赵树理真正受到冲击，是他感到、看到了乡村难题，但苦于无法找到出路。事实上，赵树理的后期创作主要是通过信件、讲演和讲话等，直指乡村问题，此时文学反而退居了次要位置。这些文字对中国合作化时期乡村问题的揭示，即便和梁漱溟这样的思想家相比，也毫不逊色。透过这些非文学文本，可以深入到问题的肌理当中。

　　1959年8月，赵树理写信给陈伯达，反映农村出现的严重问题，但在信的开头，仍然充分肯定了农业合作化的成绩，即停止了土改后农村阶级的重新分化；用新的组织教育了人；形成了规模较大的生产条件；农产品较易于纳入国家计划规范；在新条件下较易于交流经验和推广科技；形成了许多成文和不成文的农业制度；改造了一部分自然条件；宜于试验性的发明创造；出现了一部分机械化和半机械化的地区[①]。这不光是赵树理个人的看法，当时不少人也持类似的观点。从1959年至1961年，梁漱溟撰写了《人类创造力的大发挥大表现》，该文的副标题是"试说建国十年一切建设突飞猛进的由来"。文章指出要实现农业的社会主义，必须"在生产上和生活上循序渐进地从散漫入组织，形成集体"，具体而言，"第一必须男女老少农民各自占有土地，成为物的主人。这就是要经过

[①] 赵树理：《致陈伯达》，《赵树理全集》第五卷，第339—340页。

土地改革运动。第二步从其自愿互利而成立互助组；先是临时的，后则常年固定下来。第三步从互助组进初级合作社，人们各以其土地入股，统一经营生产。第四步再进而为高级社，土地以及其他较重大生产资料归集体所有。人类至此乃脱离了几千年相沿的私有制度，生存问题得到集体保障，同时渐渐已经习惯于运用集体力量去克服困难、解决问题。"梁漱溟特地比较道："在工人要靠工会组织和国家劳保制度来安顿其身的，而在农民则必待其身生活于高级社中方算安顿下来。"① 他们都认为，通过集体生产，可以逐步克服困难、解决问题。

然而，农业合作化运动中出现的一系列问题，却挑战了赵树理等人的设想。

首先的问题是国家对农村的征购过多，造成了农民生活的困难。赵树理屡次谈道："可是同时存在着一个几年前就已经出现的问题没有解决，那就是征购（特别是购）任务偏高，而且增产和增购虽有比例规定，事实上很难按规定执行，结果使丰产区多吃不到多少。在这个问题上，我的思想是矛盾的——在县区两级因任务紧张而发愁的时候我站在国家方面，可是一见到增了产的地方，仍吃不到更多的粮食，我又站到农民方面。但是在发言时候，恰好与此相反——在地县委讨论收购问题时候我常是为农民争口粮的，而当农民对收购过多表示不满时，我却又是说服农民应当如何关心国家的。"② 由于征购过高，农民的日常生活受到很大影响，赵树理说："统购以后，对子愈贴愈窄，以后三个门贴一副对子。连窗纸也糊不上，只好补补，只过眼前了。他们说是劳改队，日子愈过愈困

---

① 梁漱溟：《人类创造力的大发挥大表现》，《梁漱溟全集》第三卷，山东人民出版社2005年版，第456、457页。
② 赵树理：《回顾历史 认识自己》，《赵树理全集》第六卷，第469页。

难。过年连火柴也买不上。一个县城,十味药,十有八成买不到,当归也买不到。这是五八年以后,愈来愈少,少得不像话。分了钱,只能买包花椒面。人把日子过成这样,就没有情绪生产。"①

其次,是进入高级社以后,出现了社员收支无计划的偏差。赵树理在1957年的一篇文章中指出,进入高级社后社员反而不会计划日常生活了,原因是:

> 有些社员对这种经济关系理解得不全面,以为既然把生产资料交给了社,就应该靠社过日子,因此就根本不作收支打算,缺了钱花随时向社里支取,甚而支了多少都不管,社里不支给就闹。
>
> 基本生产资料集体所有以后,靠社来生活是对的,但不是那种靠法。社可以帮助社员安排生活,可是主要的还得依靠社员自己来掌握收支情况。

他提出的解决办法是:"要社员纠正收支无计划这一偏差,除了那些社员们自己而外,基层工作同志们、社干部们和没有这种偏差的社员们都有责任。高级社是一种新的生产组织,在新的生产关系之下究竟应该怎样生活,大家很难有个完全统一的想法,出一点偏差也不算十分意外的事。正因为合作化是一种'新'事,才需要好多基层工作者来帮忙。基层工作者对社的每一个问题,都有研究和协助解决的责任。社干部既是全社社员选出来的,而且又经营着每个社员相依为命的全部生产,自然就有责任设法使每个社员的生活都不发生大问题。个别社员思想有了偏差,往往会影响社的健

---

① 赵树理:《在大连"农村题材短篇小说创作座谈会"上的发言》,《赵树理全集》第六卷,第77页。

康，因而社员们相互之间也有纠偏的责任。收支无计划的毛病，基本上是思想上的毛病，需要有关各方面作种种克服的措施。"① 但问题的症结在于，一方面要农民参与合作化的集体劳动和生产，另一方面，集体无法为农民提供基本的保障。

最后，更为重要的是，国家权力介入农业生产，领导中却出现了不少问题。黄宗智指出，在革命年代，中共的权力网络深入到乡村当中，随着合作化运动的开展，逐渐形成了"新的政治经济体制"，具体而言：

> 皇权时代的国家政权主要关心税务和保安，先后表现为里甲制和保甲制。无疑，国家政权对经济的干预达到了近代以前国家很少达到的程度。皇帝亲行耕作仪式，间或下达劝农的诏旨，以示关心农村经济。国家还实行盐铁专营，并试图控制粮价。但专制皇权即使在理论上也从未企图直接控制农民的棉布和粮食买卖，计划和直接管理经济的各个部门，并为每家农民决定种什么和怎么种，等等。当然，党政机构必须考虑到农村社会的实际情况，不可能为所欲为。但从历史的长远观点看来，突出的特点是计划经济代替了任其自然的小农经济，以及伴随着这个变化而来的政权结构上的转化——由皇权国家机构转为控制每家每户经济抉择的党政机构。②

但通过赵树理的一系列文章，黄宗智的观点或许应稍做修正。因为农村集体生产的领导、管理不仅琐碎，而且充满了各种冲突。

---

① 赵树理：《进入高级化　日子怎么过》，引自杜国景《合作化小说中的乡村故事和国家历史》，第187—188页。
② ［美］黄宗智：《长江三角洲小农家庭与社会发展》，中华书局1992年版，第193页。

赵树理在给邵荃麟的信中说："社干多为以前的乡干，这一级干部，在过去好像是代表国家方面的多，直接经手搞生产的少，所谓领导生产，大体上只是搜集、汇报数字，真正经营者是队干（即以前的高级社管委会），现在由原来的乡干直接经营生产，他们还用的是过去那种工作办法，召集会议做报告、下达指标、批方案、要数字、造表册，总以为下边是照他们的布置执行的，而实际上距离事实颇远。"① 1958 年，农村推行了人民公社制度之后，赵树理谈道："在高级社时期，直接领导高级社的社干部虽然由于自己也靠分红过日子（极个别的贪污或投机分子除外），不敢不当心使用劳力，而乡干部（社的直接上级）则不在生产机构之内，不负盈亏之责，对这问题感觉就不能那样敏锐。要求把产量、产值提高到理想的高度是乡社两级共同的心理，但对增产起决定作用的劳力使用，乡干部便不像社干部和社员们考虑得多。"② 罗平汉也提出："由于公社的政权性质，使得公社的干部为国家行政人员，也就是国家干部，拿的是国家的工资，端的是'铁饭碗'，生产队生产经营的好坏，增产与减产，社员收入的多与寡，他们既不要承担经济责任，也不影响个人的收入。在这种体制下，公社虽然是生产队经营的最高、最终决策者，却又不要对生产经营的好坏直接承担责任，对公社而言，生产队不过是组织生产的'车间'，只能按计划完成各项生产任务和农产品的交售任务。这就为公社在生产上搞'瞎指挥'和工作上实行强迫命令开了方便之门。"③ 于是，最核心的矛盾"虽然千头万绪，总不外'个体与集体'、'集体问题与国家'的两类矛

---

① 赵树理:《致邵荃麟》,《赵树理全集》第五卷, 第 296 页。
② 赵树理:《高级合作社遗留给公社的几个主要问题》,《赵树理全集》第五卷, 第 335—336 页。
③ 罗平汉:《农村人民公社的解体》, 罗平汉:《当代历史问题札记二集》, 广西师范大学出版社 2006 年版, 第 259 页。

盾。"这也给作家带来了困惑："后来出现了集体与国家的矛盾的时候，我们有时候就不知道该站在哪一方面说。原因是错在集体方面的话好说，而错不在集体方面（虽然也不一定错在整个国家方面）时候，我们便不知如何是好了。"赵树理指出了问题的症结之所在，即："我认为今天'国家与集体'矛盾的主要方面不在于物质利益的冲突（也有冲突之处），而在于'生产品及生产过程决定权和所有权的冲突'。"①归结到底，就是国家、集体和个人的分配不均衡、不稳定，生产也管得过严、统得过死。差不多与此同时，赵树理给《红旗》杂志写文章谈道："党号召我们领导农村工作的同志们要一手抓生产，一手抓生活。""所说'抓生活'，就是以搞好生产作为物质基础，通过思想教育和时间安排，使群众有钱花、有粮吃、有工夫伺候自己，可以精神饱满，心情舒畅地参加生产。"②

最终，赵树理将问题归结到农民的日常生活和集体的关系上来。1961年，他提出：

> 农民不是光要几个政治口号，他是希望具体化的……土改后他们思想上很明确：分了土地能发家。合作化就不太明确了，地入了社怎么办？又不准买卖，什么现代化等等，他不清楚。叫他去参观现代化农场，他不一定和自己联系起来，他只看见自己的村子，自己的家。所以，农民的前途观缺乏具体化；我们做思想工作的，讲抽象的也讲不清楚，更别说具体的了。过去，为了买地，可以几年十几年穿一件衣服，结一根腰带，干活还很卖劲；现在能用什么办法进行教育，使他们直接

---

① 赵树理：《致陈伯达》，《赵树理全集》第五卷，第340—341页。
② 赵树理：《公社应该如何领导农业生产之我见》，《赵树理全集》第五卷，第350—351页。

和生产进而结合起来呢！总觉得缺少具体的东西。

这些问题最后都影响到每家每户内部，造成了各种各样的矛盾。赵树理指出：

> 合作化以后，农村的家是个什么样的单位？过去，每家每户是个生产单位，也是消费单位。目前还保留一半，即不再是生产单位了（经营自留地和家庭副业还是生产单位的成分），但还是消费单位……
>
> 在当前农村生活中，当然内部矛盾是主要的，这些内部矛盾表现出的形象，真是千姿百态，千奇百怪……我认为农村现在急需要一种伦理性的法律，对一个家的生产、生活诸种方面都作出规定。①

随后，赵树理又提到户的问题：

> 巴金写了一本《家》，为了表现农村生活，我们也可以写本《户》。户是农村的生活单位，生产队就是以户为单位。记工分按人，但生产队的账目不是以人而是以户为单位的。结算、分配都是以户为单位的。在养老没有社会化以前，户还不能撤了，这对社会主义生产还是有利的。由于户还存在，也有问题，公社、大队、小队都是社会主义所有制，户可不是，而生活上往往还带有封建性。在一个户里，总是教育孩子要为自己家里好。有时也说为集体，也是因为多干可以多挣工分，拿

---

① 赵树理：《在长春电影制片厂电影剧作讲习班的讲话》，《赵树理全集》第六卷，第36—38页。

这思想来教育孩子。所以爱队如家的教育是一套,在家里受的教育又是一套。孩子们要听两套教育。①

在公与私、户与队、个人与集体、集体与国家等多重复杂的纠葛关系中,赵树理已无法把如此复杂的矛盾把握到自己的小说当中,并将自己的态度、情感投注其中。因此,他最后的小说《卖烟叶》和剧作《十里店》,只能在阶级斗争的模式中展开,而叙事的笔调也显得拘谨、晦涩、生冷。

蔡翔在分析赵树理1946年发表的小说《地板》时提出,"赵树理似乎倾向于认为,革命的意义并不是来自外部,而是植根于这个世界内在的'情理'",而此时在赵树理看来,"'法令'和'情理'恰恰处于一种高度默契的状态"②。就中国乡村世界与政治的关系,蔡翔提出了更为深入的说法:"如果说,现代政治的首要之义是敌/我的区别,那么,在中国乡村,确乎存在着另一种更为强大、历史也更为悠久的'好坏善恶'的伦理判断,这一伦理判断有时候甚至超越于现代政治,同时也牢牢地控制着中国民众的生活世界。"③ 问题在于,在激进化的乡村革命中,政治和乡村世界的关系已经不再彼此支持,也不能再和谐相处,尤其随着政党政治的过度介入和国家对乡村资源的过度汲取,已经让农民的基本生活发生了困难。这是赵树理无论如何想不通,也是他拒绝接受的。虽然赵树理后来回忆说:

这八年中(公社化前后八年)我最大的错误是思想跟不上

---

① 赵树理:《文艺与生活》,《赵树理全集》第六卷,第64页。
② 蔡翔:《革命/叙述:中国社会主义文学—文化想象(1949—1966)》,第229、227页。
③ 同上书,第240页。

政治的主流,没有把我们的国家在反帝、反修、反右倾的一系列严重斗争中用自力更生的精神在生产建设上所取得的不可想象的伟大成绩反映在自己的创作上。但是所写的东西不是站在资产阶级立场上反党的。检查我自己这几年的世界观,就是小天小地钻在农村找一些问题叽叽喳喳以为是什么塌天大事。而对于我们国家采取自力更生的办法突破帝国主义、修正主义对我们的物质封锁、技术封锁创作出我们前所未有的东西(包括核武器)这样震动世界的大事反而注意不够。这是从前的个体农民小手工业者眼光短浅、不识大体的思想意识的表现。作为一个专业作家是有愧时代的。[1]

赵树理认识到了乡村合作化是必经之路,但对于国家的过度介入则持反对态度。在乡村与国家之间,赵树理试图找到两者平衡的尺度,但在复杂的现实关系和剧烈的矛盾当中,他的理想显然未能实现。但无论如何,赵树理呈现出了社会主义时期国家主导的合作化的内在困境和悖论,这无疑是其深刻之处。只是,无论对赵树理个人,还是赵树理所处的时代,问题显然并没有就此终结。

---

[1] 赵树理:《回忆历史 认识自己》,《赵树理全集》第六卷,第474页。

结　　语

赵树理文学形态的特殊性在前文已经做了较为充分的讨论，此处值得特别提出的是两点：

一方面，从文学形式的角度来看，赵树理文学并非某些以"现代文学"为标准的批评家说的那样，是落后的中世纪的形式，而是有着他成熟而独特的形式追求，"文摊文学"正是其重要载体；如果以"社会主义现实主义"文学标准来看，则如李杨所言：

> 在毛泽东的论述中，一方面，新民主主义具有资产阶级革命的性质，是抗日战争时期统一战线的表现方式；另一方面，新民主主义政治不同于旧民主主义政治的地方，是新民主主义革命是无产阶级领导的革命，并最终以社会主义革命作为自己的目标。前者为"权"，后者为"经"；前者是民族解放，后者是阶级解放。这种关系决定了延安时期的所有新民主主义政策，包括土地政策、乡村整治等等其实都是过渡性的，赵树理的作品如果只是停留在这一现象的描述，就不可能表现出两种政治之间的相互协商与相互否定，由此，他永不可能触摸到《在延安文艺座谈会上的讲话》真实的灵魂。[①]

[①] 李杨：《"赵树理方向"与〈讲话〉的历史辩证法》，《文学评论》2015 年第 4 期。

言下之意是,赵树理根本无法达到"现实主义"的高度。在这一意义上,可以理解中国的革命文艺家何以对"社会主义现实主义"文学情有独钟且孜孜以求。在这一理论脉络中,可以对《太阳照在桑干河上》《暴风骤雨》《山乡巨变》《创业史》《红旗谱》等做更具理论深度的说明。按照葛兰西的说法,这些文学作品提供的是一种"文化","它是一个人内心的组织和陶冶,一种同人们自身的个性的妥协;文化是达到一种更高的自觉境界,人们借助于它懂得自己的历史价值,懂得自己在生活中的作用,以及自己的权利和义务"①。通过现实主义文学,人们直抵事物的本质,理解了自己的历史/现实使命。只是,无论以哪一个标准来衡量赵树理文学,都显得不尽合理。后者尤其显示了赵树理和革命文艺经典规范的无法弥合的空隙,而恰恰是这种偏离使得两者构成了一定张力之内的对话关系。

另一方面,则与赵树理提出的一系列乡村变革的难题有关。多年之后,赵树理的困境在不同的学者那里都得到了进一步的澄清、阐明。如庄孔韶从中国中央与地方权力的角度着眼,指出:"人民公社运动始末表明,中国社会组织结构模式有以下明显的特征:高层与基层在传播活动中地位是不等的,信息总发源地是一元化权力的中心,从中心逐渐向下有完全的控制力,限制和规定下达指令的总信息量。"② 如何在国家与乡村之间建立起有效、流畅的沟通渠道和相对平等的交流关系,至今仍是解决乡村问题不容错过的议题。温铁军则以更为宏大的国际关系为背景,指出:

---

① [意]葛兰西:《社会主义与文化》,《葛兰西文选(1916—1935)》,中共中央马克思、恩格斯、列宁、斯大林著作编译局、国际共运史研究所编译,人民出版社1992年版,第5页。
② 庄孔韶:《银翅:中国的地方社会与文化变迁》,生活·读书·新知三联书店2016年版,第116页。

到中华人民共和国建立，西方通过两次世界大战所完成的资源瓜分的确已经没有任何调整余地，且周边地缘政治环境险恶。中国必须工业化以"自立于世界民族之林"；工业化必须完成"资本的原始积累"；而原始积累不可能在商品率过低的小农经济条件下完成。建国头三年，四亿农民向五千万城市人口提供农产品还没问题：" 一五"计划时期二千万劳动力进城支援工业建设，突然增加40%—50%城市的"商品粮高消费人口"，就突然产生了农产品供给不足。更何况在劳动力过剩的小农经济条件下，农民进行积累的方式是"劳动替代资本投入"，这使城市工业品几乎占领不了农村市场，工农两大部类无法实现交换！

　　于是，中国人不得不进行一次史无前例的、高度中央集权下的自我剥夺：在农村，推行统购统销和人民公社这两个互为依存的体制；在城市，建立计划调拨和科层体制；通过占有全部工农劳动者的剩余价值的中央财政进行二次分配，投入以重工业为主的扩大再生产。[①]

　　这里点出了中国乡村革命和建设的核心难题。面对中国近代以来乡村的衰败，有识之士上下求索，苦苦寻觅出路。赵树理是其中最投入的参与者之一，文学正是他介入现实的重要凭借。或许，我们可以说，赵树理的小说过于"实在"，不够有远见，但在多重的历史缠绕当中，赵树理小说无疑为我们理解中国近代以来的乡村变革提供了一个独特而丰富的世界，它们记载了中国现代以来乡村变革的复杂历程，其艰难的对话过程至今读来仍让人动容。

　　笔者更想强调，历史地来看，中国社会主义革命的挫折，很大

[①] 温铁军：《"三农问题"：世纪末的反思》，《读书》1999年第12期。

程度上是革命政治和国家未能仔细辨识赵树理提出的日常生活的问题，在政治世界和日常世界之间，很多时候处于紧张关系当中。这其中包含了深刻的教训。从当下的眼光看，赵树理文学至少在两个方面仍给我们以启示：其一，中国的乡村文化是否具有孕育新文化的可能，它们如何在现代化的浪潮中得以赓续；其二，赵树理文学提供的不只是历史的记录，而且反映了许多乡村现实问题的根源，如国家与乡村的关系、乡村基层权力的运作、农民主体地位的悬置，农村妇女的现状等，无疑都值得深长思之。

参考文献

[美]安敏成:《现实主义的限制:革命时代的中国小说》,姜涛译,江苏人民出版社2001年版。

《巴赫金全集》,河北教育出版社2009年版。

《巴金专集》,江苏人民出版社1981年版。

白春香:《赵树理小说叙事研究》,中国社会科学出版社2008年版。

[美]本尼迪克特·安德森:《想象的共同体:民族主义的起源与散布》,吴叡人译,上海人民出版社2016年版。

薄一波:《若干重大决策与事件的回顾》,中共党史出版社2008年版。

陈旭麓:《近代中国社会的新陈代谢》,上海人民出版社1992年版。

蔡翔:《革命/叙述:中国社会主义文学—文化想象(1949—1966)》,北京大学出版社2010年版。

陈平原:《二十世纪中国小说史》,北京大学出版社1989年版。

陈平原:《中国小说叙事模式的转变》,北京大学出版社2010年版。

陈思和主编:《中国当代文学史教程》,复旦大学出版社2009年版。

陈为人：《插错"搭子"的一张牌——重新理解赵树理》，广东人民出版社2011年版。

戴光中：《赵树理传》，北京十月文艺出版社1987年版。

董大中：《赵树理年谱》，北岳文艺出版社1994年版。

董之林：《旧梦新知："十七年"小说论稿》，广西师范大学出版社2004年版。

杜国景：《合作化小说中的乡村故事与国家历史》，中国社会科学出版社2011年版。

［美］杜赞奇：《文化、权力与国家：1900—1942年的华北农村》，王福明译，江苏人民出版社2010年版。

段文昌：《赵树理小说的改编与传播》，山西人民出版社2014年版。

范智红：《世变缘常——四十年代小说论》，人民文学出版社2002年版。

［美］费约翰：《唤醒中国：国民革命中的政治、文化和阶级》，李恭忠、李里峰、李霞、徐蕾译，刘平校，生活·读书·新知三联书店2004年版。

《冯友兰全集》，河南人民出版社2001年版。

费孝通：《乡土中国》，上海人民出版社2013年版。

费孝通：《江村经济》，上海人民出版社2013年版。

复旦大学中文系赵树理研究资料编辑组：《赵树理专集》，福建人民出版社1981年版。

高捷等编：《马烽 西戎研究资料》，山西人民出版社1985年版。

［意］葛兰西：《葛兰西文选（1916—1935）》，中央编译局、国际共运史研究所编译，人民出版社1992年版。

［美］韩南：《中国近代小说的兴起》，徐侠译，上海教育出版

社 2010 年版。

贺桂梅：《赵树理文学与乡土中国现代性》，北岳文艺出版社 2016 年版。

洪子诚：《当代中国文学的艺术问题》，北京大学出版社 2010 年版。

洪子诚：《中国当代文学概说》，北京大学出版社 2010 年版。

洪子诚：《中国当代文学史》，北京大学出版社 2007 年版。

《侯金镜文艺评论集》，人民文学出版社 1979 年版。

胡士莹：《话本小说概论》，中华书局 1980 年版。

黄修己编：《赵树理研究资料》，知识产权出版社 2010 年版。

黄子平：《"灰阑"中的叙述》，上海文艺出版社 2001 年版。

［美］黄宗智：《华北的小农经济与社会变迁》，中华书局 2000 年版。

［美］黄宗智：《长江三角洲小农家庭与乡村发展》，中华书局 1992 年版。

姜涛：《公寓里的塔：1920 年代中国的文学与青年》，北京大学出版社 2015 年版。

［美］杰克·贝尔登：《中国震撼世界》，邱应觉等译，北京出版社 1980 年版。

［美］柯文：《在中国发现历史：中国中心观在美国的兴起》，林同奇译，社会科学文献出版社 2017 年版。

［美］孔飞力：《中国现代国家的起源》，陈兼、陈之宏译，生活·读书·新知三联书店 2013 年版。

旷新年：《1928：革命文学》，人民文学出版社 2017 年版。

李国华：《农民说理的世界：赵树理小说的形式与政治》，上海书店出版社 2016 年版。

李华盛、胡光凡编：《周立波研究资料》，湖南人民出版社

1983年版。

李松睿：《书写"我乡我土"——地方性与20世纪40年代中国小说》，上海人民出版社2016年版。

李杨：《抗争宿命之路——"社会主义现实主义"（1942—1946）研究》，时代文艺出版社1993年版。

柳青：《创业史》，中国青年出版社2009年版。

《刘少奇选集》，人民出版社1981年版。

刘震：《左翼文学运动的兴起与上海新书业（1928—1930）》，人民文学出版社2008年版。

《鲁迅全集》，人民文学出版社2005年版。

罗岗：《人民至上：从"人民当家作主"到"社会共同富裕"》，上海人民出版社2012年版。

罗平汉：《当代历史问题札记二集》，广西师范大学出版社2006年版。

罗志田：《权势转移：近代中国的思想、社会与学术》，湖北人民出版社1999年版。

［美］马克·赛尔登：《革命中的中国：延安道路》，魏晓明、冯崇义译，社会科学文献出版社2002年版。

马社香：《农业合作化运动始末：百名亲历者口述实录》，当代中国出版社2012年版。

［美］迈克尔·曼：《社会权力的来源（第三卷）——全球诸帝国与革命（1890—1945）》，郭台辉、茅根红、余宜斌译，上海人民出版社2015年版。

［美］莫里斯·迈斯纳：《毛泽东的中国及其后：中华人民共和国史》，杜蒲译，香港中文大学出版社2005年版。

钱理群：《1948：天地玄黄》，中华书局2008年版。

钱理群：《沧桑岁月》，东方出版中心2016年版。

《瞿秋白文集》，人民文学出版社1981年版。

瞿同祖：《清代地方政府》，范忠信等译，法律出版社2011年版。

山西省政协文史资料研究委员会编：《阎锡山统治山西史实》，山西人民出版社1981年版。

孙晓忠、高明编：《延安乡村建设资料》，上海大学出版社2012年版。

唐小兵编：《再解读：大众文艺与意识形态》，北京大学出版社2007年版。

［美］王斑：《历史的崇高形象——二十世纪中国的美学与政治》，孟祥春译，上海三联书店2008年版。

王德威：《想象中国的方法：历史·小说·叙事》，生活·读书·新知三联书店1998年版。

《汪晖自选集》，广西师范大学出版社1997年版。

《王瑶全集》，河北教育出版社2000年版。

《王晓明自选集》，广西师范大学出版社1997年版。

汪曾祺：《晚翠文谈》，河南文艺出版社2017年版。

温铁军：《八次危机：中国的真实经验1949—2009》，东方出版社2013年版。

［美］夏志清：《中国现代小说史》，刘绍铭等译，香港中文大学出版社2001年版。

萧公权：《中国乡村：19世纪的帝国控制》，张皓、张升译，九州出版社2018年版。

行政院农村复兴委员会编：《陕西省农村调查》，商务印书馆1934年版。

叶扬兵：《中国农业合作化运动研究》，知识产权出版社2006年版。

应星：《农户、集体与国家：国家与农民关系的六十年变迁》，中国社会科学出版社2014年版。

于光远著、韩钢诠注：《"新民主主义论"的历史命运——读史笔记》，长江文艺出版社2005年版。

［美］詹姆斯·C.斯科特：《弱者的武器》，郑广怀、张敏、何江穗译，译林出版社2007年版。

张乐天：《告别理想：人民公社制度研究》，上海人民出版社2012年版。

《赵树理全集》，大众文艺出版社2006年版。

中共中央文献研究室编：《毛泽东文艺论集》，中央文献出版社2002年版。

胡绳主编：《中国共产党的七十年》，人民出版社1991年版。

中国文化书院学术委员会编：《梁漱溟全集》，山东人民出版社2005年版。

中国赵树理研究会编：《赵树理研究文集》，中国文联出版公司1996年版。

钟敬文主编：《民间文学概论》，上海文艺出版社1980年版。

周立波：《暴风骤雨》，人民文学出版社1956年版。

周立波：《山乡巨变》，人民文学出版社1958年版。

［美］朱爱岚：《中国北方村落的社会性别与权力》，胡玉坤译，江苏人民出版社2010年版。

庄孔韶：《银翅：中国的地方社会与文化变迁》，生活·读书·新知三联书店2016年版。

论　文

陈思和：《民间的浮沉——从抗战到"文革"文学的一个解释》，《上海文学》1994年第1期。

陈徒手：《一九五九年冬天的赵树理》，《读书》1998年第4期。

陈晓明：《革命与抚慰：现代性激进化中的农村叙事——重论五六十年代小说中的农村题材》，《海南师范大学学报》2008年第2期。

陈涌：《读〈暴风骤雨〉》，《文艺报》1952年第11、12期合刊。

程凯：《乡村变革的文化权力根基》，《文艺研究》2015年第3期。

董之林：《关于"十七年"文学研究的历史反思——以赵树理小说为例》，《中国社会科学》2006年第4期。

董之林：《韧性坚守与"小调"介入——赵树理小说再分析》，《甘肃社会科学》2011年第1期。

冯雪峰：《〈太阳照在桑干河上〉在我们文学发展上的意义》，《文艺报》1952年第10期。

韩琛：《从"竹内鲁迅"到"竹内赵树理"》，《鲁迅研究月刊》2012年第10期。

何直：《现实主义——广阔的道路》，《人民文学》1956年第9期。

洪子诚：《文学史中的柳青和赵树理（1949—1970）》，《文艺争鸣》2018年第1期。

蒋晖：《中国农民革命文学研究与左翼思想遗产的创造性转化》，《文艺理论与批评》2004年第3期。

蒋晖：《试论赵树理三十年代小说创作的主题与形式》，《文艺争鸣》2012年第12期。

康濯：《试论近年间的短篇小说——在河北省短篇小说座谈会上的发言》，《文学评论》1962年第5期。

李杨：《"赵树理方向"与〈讲话〉的历史辩证法》，《文学评论》2015年第4期。

罗岗：《"文学式结构"与"伦理性法律"——重读〈"锻炼锻炼"〉兼及"赵树理难题"》，《文学评论》2014年第1期。

罗岗：《回到"事情"本身：重读〈邪不压正〉》，《文艺争鸣》2015年第1期。

茅盾：《一九六〇年短篇小说漫评》，《文艺报》1961年第4—6期。

倪文尖：《如何着手研读赵树理——以〈邪不压正〉为例》，《文学评论》2009年第5期。

苏春生：《从通俗化研究会到大众文艺研究会：兼及东西总布胡同之争》，《中国现代文学研究丛刊》2003年第2期。

孙晓忠：《有声的乡村——论赵树理的乡村文化实践》，《文学评论》2011年第6期。

温铁军：《"三农问题"：世纪末的反思》，《读书》1999年第12期。

席扬、鲁普文：《"中间人意识"与赵树理自我身份认同》，《文学评论》2009年第4期。

颜同林：《法外权势的失落与村落秩序的重建——以赵树理四十年代小说为例》，《文学评论》2012年第6期。

张旭东：《中国现代主义起源的"名""言"之辩：重读〈阿Q正传〉》，《鲁迅研究月刊》2009年第1期。

赵勇：《讲故事的人或形式的政治——本雅明视角下的赵树理》，《文学评论》2017年第5期。

后　　记

众所周知，赵树理的声名主要来自他文学上的成就。不过，本书并非只是着眼于此，而是试图通过赵树理及其作品，透视百余年来中国的乡村问题。在中国现代史上，梁漱溟、费孝通、卢作孚和陶行知等乡村建设先贤，彭湃、毛泽东和刘少奇等政治人物，都试图以乡村建设或政治革命的方式，解决风雨飘摇中的乡村问题。这一宏大的历史背景，为笔者研究赵树理提供了坚实的对话支点。

与其他人相比，赵树理的独特之处在于：一方面他是作家，文学是他呈现乡村问题的重要手段。赵树理小说深刻揭露了旧乡村的衰败、黑暗，以及中共领导群众改变自己命运的历史过程；这是作家投身中国革命而终身不渝的原因所在。我们常说文学是虚构的，但虚构并不意味着虚假，按照亚里士多德的说法，文学比历史更具普遍性。赵树理文学的普遍性不止于政治、经济层面，而是深入到乡村的日常生活层面，如婆媳矛盾、夫妻感情及人际伦常等，这是政策文件、学术研究和思想史著作无法触及却又是乡村革命不容回避的议题。另一方面，赵树理虽然是作家，但恐怕没有谁像他那样，一意要打破作家的专业身份，而把"助业""业余"当成最理想、有效的写作状态，按照他自己的说法，就是要当"'通天彻地而又无固定岗位'的干部"（《回忆历史　认识自己》）。这决定了赵树理独特的写作姿态，他首先是"问题"中人。尤其在没有足够的时间，或者条件不允许时，他干脆放弃文学，直接通过演讲、书信及创作谈等形式，急切地表达自己的意见和建议。中国乡村变革的曲折艰难，以及社会主义集体化实践中不断出现的难题，将赵树理深深地卷入各种矛盾当中，今天阅读他的作品，仍然能够清晰地感受到他深沉的忧思，其中的教训无疑值得汲取。

从2009年到2017年的八年时间里，我在上海大学攻读中国现当代文学硕士、博士学位，导师蔡翔教授不仅指导、引领我学业的进步，在待人接物方面更是身教多于言传，所受教益非短短数语所能道尽。我的学术起点始自赵树理研究，当时我还在读硕士，生涩稚拙是自然的，写作期间曾向孙晓忠、张炼红、倪文尖和罗岗等师长请教过相关问题，他们的建议让我深受启发。2003年，我离开家乡赴西安读书，此后和家人聚少离多，一路相伴的朋友、同门让我时时感到生活的温暖和亮色。借新书出版之际，我向他们致以深挚的谢意。

当然，最要感谢父母。正是他们几乎没有"底线"的宽容和支持，让我得以从容地完成了不太短暂也不算轻松的学业。我要把此书献给父母和弟弟一家三口，愿他们生活得安泰、幸福。

本书的不足和疏失在所难免，这自然应当由笔者负责，欢迎读者的批评指正！

高　明

2018年8月　涪陵